„Wir tauschen Business gegen Burgunder" - mit diesem Satz verabschiedeten sich die Goldschmiede und Schmuckdesigner Egon Frank und Sabine Brandenburg-Frank im Jahr 2003 von ihren Kunden, verkauften ihre Schmuck-Manufaktur und zogen nach Südbaden ins Markgräflerland. Damals dachten sie eher daran, ab und zu eine schöne Flasche Burgunder zu trinken, als selbst Wein zu machen. Aber mitten im Weinland, von Reben umgeben, reifte der Wunsch nach einem eigenen Weinberg. 2008 pachteten sie zwölf Ar Spätburgunder-Reben und machten sich an die Arbeit, nicht ahnend, wie grundlegend dieser Entschluss ihr Leben verändern würde. Das Hobby wurde zum zweiten Beruf, die beiden machten eine Ausbildung an der Fachschule für Weinbau in Emmendingen, legten die Gesellenprüfung ab und sind Winzer geworden. Auch der Schmuck lässt sie nicht los. Aus ihrer Geschichte und ihren beiden Professionen entstand ein Konzept, das Leben und Arbeit verbindet.

Sabine Brandenburg-Frank, 1957 in Pforzheim geboren, machte nach dem Abitur eine Goldschmiedelehre und studierte Schmuckdesign und Literaturwissenschaft in Düsseldorf. Nach ihrer Promotion begann sie Romane zu schreiben. Sie lebt mit ihrem Mann als freie Designerin, Autorin und Winzerin in Staufen bei Freiburg.

Sabine Brandenburg-Frank
Egon Frank

Herbsten

Unser zweites Leben als Winzer

Bibliografische Information der Deutschen Nationalbibliothek: Die Deutsche Nationalbibliothek verzeich-
net diese Publikation in der deutschen Nationalbiblio-
grafie; detaillierte bibliografische Informationen sind
im Internet unter http://dnb.dnb.de abrufbar.

© 2020 Sabine Brandenburg-Frank
Verlag: BoD • Books on Demand GmbH, In de
Tarpen 42, 22848 Norderstedt
Druck: Libri Plureos GmbH, Friedensallee 273,
22763 Hamburg

ISBN: 978-3-7519-7032-7

Mit „Herbst" meint man in Südbaden nicht nur die Jahreszeit sondern auch die Weinernte, „Herbsten" ist das Lesen der Trauben im Weinberg.

Inhalt:

Abschied von Düsseldorf

Alles hat seine Zeit. Zwanzig Jahre lang betrieben wir in Meerbusch bei Düsseldorf eine Schmuck-Manufaktur. Wir fertigten hochwertigen Design-Schmuck in Gold und Platin, stellten auf großen Schmuck-Messen aus und lieferten unsere Produkte bis nach Japan und in die USA. Unsere Modelle wurden mit Design-Preisen ausgezeichnet, vier Mal mit dem „Red Dot" für hohe und höchste Design-Qualität. In der Branche kannte man unseren Namen. Zwanzig Jahre - eine schöne, spannende und erfolgreiche Zeit, in der unser Ehrgeiz vor allem darauf gerichtet war, innovative und außergewöhnliche Schmuckstücke auf den Markt zu bringen. Die Goldschmiedinnen in unserem Betrieb waren perfekte Handwerkerinnen, unsere Verarbeitungsqualität legendär - „besser als mit der Maschine", das war unser Anspruch, „hundert Prozent sind hundert Prozent" war der Leitspruch auf unserem Katalog. Allerdings blieb für die eigentliche Arbeit, das Entwickeln neuer Modelle, immer weniger Zeit. Und irgendwann waren die Highlights der Kollektion nicht mehr zu toppen, entwerfen hieß nur noch variieren und so viel wie möglich aus dem bestehenden Fundus herausholen. Als dann unser Außendienstmitarbeiter, der für den nötigen Umsatz sorgte, überraschend kündigte, fiel es uns nach einigen Überlegungen - die Firma verkleinern? Wieder selbst auf die Reise gehen? - leicht, einen radikalen

Schlussstrich zu ziehen. Ganz oder gar nicht. Und wenn wir mit der Firma Schluss machten, dann wollten wir auch unsere Zelte in Meerbusch abbrechen und zurück in den Süden ziehen. Die Entscheidung fiel innerhalb eines Tages. „Ich habe mir schon so etwas gedacht", meinte unsere Werkstattleiterin, als wir sie ins Vertrauen zogen. Für sie und einige unserer Mitarbeiterinnen war unser Entschluss der Anstoß, sich selbständig zu machen. Alle haben ihren Weg gemacht, zu vielen haben wir bis heute Kontakt.

Zuletzt ging alles ganz schnell. Für unser Haus fanden wir die richtigen Käufer, ein junges Ehepaar mit drei kleinen Söhnen, die sofort in den weitläufigen Garten stürmten und ihren Eltern keine Chance für ein „Nein" ließen. „Vieles kurzfristig und endgültig entschieden in den letzten Wochen und Tagen" vermerkt mein Tagebuch am 2. Juni 2003. „Das Haus sieht nun schon sehr nach Auszug aus - so langsam neigt sich die innere Waagschale nach Süden", schrieb ich am 26. August, und im September bezogen wir ein kleines gemütliches Haus in Staufen bei Freiburg. Der Umzug war ein Kraftakt, nicht nur das Wohnhaus, auch die Werkstatt musste ausgeräumt werden. Alles passte in einen großen Umzugswagen mit Hänger, der die Strecke Meerbusch-Staufen in zwei Tagen zurücklegte. Vor unserem Haus musste er rückwärts in eine schmale Anliegerstraße fahren und hebelte dabei einen großen Stein aus, der zur Begrenzung eines Nachbargrundstückes diente. Die Hausherrin war „not amused", die

Umzugshelfer fragten uns, warum wir in eine so unfreundliche Gegend ziehen wollen und machten sich erleichtert wieder auf den Rückweg. Später stellte sich heraus, dass unsere Nachbarin Goldschmiedin ist, wir ließen den Fels an seinen Platz zurückschaffen und haben seither ein sehr freundschaftliches Verhältnis zu der Kollegin.

Den schönen mittelalterlichen Ort Staufen am Ausgang des Münstertals, umgeben von Rebhängen, hatten wir uns gezielt ausgesucht. Dort gibt es eine gute Infrastruktur, viele Läden und ein umfangreiches Kulturprogramm. Wir kannten die Gegend von unseren Aufenthalten während der Schmuckmesse in Basel. Auch habe ich ganz alte familiäre Beziehungen zum Markgräflerland, meine Großeltern stammten aus Lörrach. So ist imposante Schwarzwaldberg Belchen, den wir von unserem Haus aus sehen, fast wie ein alter Verwandter, den schon meine Mutter mit ihren Eltern besucht hat. Der Standort war außerdem ideal für unsere Zusammenarbeit mit zwei großen Schmuck-Produzenten in Pforzheim, unserer alten Heimat, und in Zürich. Fünf Jahre lang entwickelten wir für diese beiden befreundeten Kunden Kollektionen und fuhren abwechselnd in Richtung Schweiz oder in Richtung Pforzheim, um unsere neuen Modelle zu präsentieren. Unsere eigene Kollektion verkauften wir an eine andere Pforzheimer Firma, wo sie bis heute produziert wird.

Wir pachten einen Weinberg

In Staufen fanden wir schnell Bekannte und bald schon gute Freunde. Wir hatten viel Zeit, anders als in unserem ersten Leben, und daher genug Muße, um Bekanntschaften und Freundschaften zu pflegen. Zwei Tage in der Woche verbrachten wir in der Werkstatt, um Modelle für unsere Kunden zu bauen, die wir zwei Mal im Monat besuchten, der Rest war Freizeit. Das war erst mal gewöhnungsbedürftig. Wir kauften uns Trekking-Räder und erkundeten die Umgebung, anfangs in der Ebene, als wir etwas fitter wurden, ging es in die Schwarzwald-Vorberge und durch die Weinberge. Dort gab es dann immer öfter Pausen, weil du die Leute ansprachst, die in den Reben arbeiteten, und wissen wolltest, was sie da machen. Was sie erzählten, war für uns „Böhmische Dörfer": Neigen, ausbrechen, heften, gipfeln, freilegen, grün herbsten... aber das schreckte dich nicht ab, und irgendwann sagtest du: „Ich brauche einen Weinberg!" Ich antwortete, skeptisch wie es meine Art ist und sicher nicht sehr ermutigend: „Was willst du denn mit einem Weinberg, du hast doch keine Ahnung vom Weinmachen!" Aber von so einer Antwort hast du dich noch nie von etwas abbringen lassen, glücklicherweise. Dann erfuhren unsere Freunde von einer Kollegin, dass deren Bekannte ein Rebstück am Batzenberg verpachten wollte, also wurde es ernst. Mein Kommentar: „Mittrinken ja, mitarbeiten nein!" Das änderte sich allerdings sehr schnell. Du unterschriebst zusammen mit unserem Freund Heinrich den Pachtvertrag, nicht ahnend, wie gründlich diese Unterschrift unser Leben verändern würde.

Dieser erste Weinberg, der jetzt uns gehört, ist nicht ganz einfach zu bearbeiten. 12 Ar Südost-Steillage am Batzenberg, schmale, ausgefahrene Gassen, 40 Jahre alte Spätburgunder-Reben. Im ersten Jahr zeigte uns der Vorpächter, was zu tun ist. Beim Vorschneiden - dem ersten Schnitt, der festlegt, welcher Trieb als Fruchtrute stehenbleibt - wurde uns bald klar, dass eine Akku-Schere angeschafft werden muss, mit der Handschere war es nicht zu bewältigen. Das war die erste von vielen weiteren notwendigen Anschaffungen, aber davon später. Wir lernten einige grundsätzliche Dinge in diesem ersten Jahr mit Reben. Erstens - und dann kommt lange nichts: Einen Weinberg bewirtschaften heißt ARBEIT, anstrengende, andauernde, weder auf Urlaub, Geschäftstermine, Rücken- oder sonstige Schmerzen Rücksicht nehmende Arbeit, die einfach getan werden MUSS, sonst hat man schnell ein Problem. Rebstöcke sind nämlich kleine Monster. Im März, wenn die acht bis zehn Augen der sorgfältig am unteren Draht angebundenen Fruchtrute anfangen auszutreiben, sehen sie nett und harmlos aus, geradezu niedlich die zarten, frischgrünen Blättchen mit den schon darin erscheinenden Blüten, den „Gescheinen", die aussehen wie Miniaturausgaben von Weintrauben. Wer sich jetzt als Hobbywinzer über das üppige Wachstum freut und nicht gleich gegensteuert, dem wird sein Weinberg bald buchstäblich über den Kopf wachsen. Einige Rebsorten, vor allem die Burgunder, treiben aus fast jedem Auge zwei Triebe aus, den Haupt- und einen kleineren, späteren Ersatztrieb, um Verluste durch Frost, Schädlinge oder Wildverbiss auszugleichen. Dieser Doppeltrieb muss ausgebrochen werden, ebenso die zahlreichen Triebe, die aus dem Kopf des Rebstockes sprießen, bis auf zwei oder drei, die stehen bleiben, damit man fürs nächste Jahr wieder eine Fruchtrute hat. Tut man das nicht, entwickeln sich die Reben zu einem undurchdringlichen Dickicht. Ist diese Arbeit fertig, sind die meisten Triebe schon bis zum zweiten Draht hochgewachsen. Der klassische Drahtrahmen, in dem die Reben bei uns wachsen - es gibt sehr viele verschiedene „Erziehungsformen", je nach Land, Region und Anbaugebiet, davon später - hat fünf Stationen, das heißt, die Drähte sind auf fünf Ebenen an den "Stickeln" (Holz- oder Metallpfosten) befestigt. Auf der zweiten und vierten Ebene laufen jeweils zwei Drähte parallel, um die Triebe dazwischen einzufädeln. In neueren Anlagen sind die Drähte über Federn gespannt, die sie auseinandersprexzen, damit die Triebe - wenn man Glück hat - von selber dazwischen hochwachsen, bis man die Federn wieder am Pfosten einhängt. Wir müssen die Triebe von Hand zwischen die Drähte stecken. Ja, wenn Reben Bäume oder Büsche wären - aber sie sind Lianengewächse, die ursprünglich im Wald an den Bäumen zum Licht emporwuchsen und sich dabei mit ihren Ranken festhielten, Kletterkünstler ohne eigenen Stand, mit einem unbändigen Drang nach oben, bis zu 10 Meter in einem Jahr. Wenn kein Baum da ist, an dem sie hochklettern können, klammern sie sich an den Nachbarstock, an den Rebstock gegenüber oder an die Brennnesseln, die man nicht rechtzeitig abgemäht hat - was ich damit sagen will: ab Mai beginnt der Kampf mit der Botanik.

Das zweite, was wir lernten: Nicht alle Winzer sind begeistert, wenn zwischen ihren professionell bewirtschafteten Anlagen plötzlich ein Hobbywinzer sich ansiedelt, der einiges nicht kann, beispielsweise Traktor fahren, schon gar nicht am Steilhang, und dann höflich anfragt, ob der Nachbar vielleicht auch in seinem Stück fahren kann, natürlich gegen Bezahlung. Da winkten alle ab. Zum Glück gibt es den Maschinenring, eine landwirtschaftliche Dienstleistungs-Genossenschaft, der wir nach den erhaltenen Absagen beitraten und die den notwendigen Pflanzenschutz übernimmt. Alles andere, was die Winzer mit Maschinen machen wie Mulchen oder Laubschneiden, machen wir von Hand, weil sich selbst beim Maschinenring niemand findet, der eine alte Anlage wie unsere bearbeitet. Aber wir wollten ja die alten Reben. Und so schafften wir uns eine Motorsense und einen AS-Mäher an sowie einen Hänger, um das Equipment zu transportieren. Damit wurde unsere Garage zum Lagerraum für Landmaschinen, das Auto musste in die Einfahrt umziehen. Nicht so viel Platz beanspruchen unsere Laubschneider, zwei Hand-Laubscheren, mit denen wir zwischen Juni und August regelmäßig unsere Brust- und Oberarm-Muskulatur trainieren. Überhaupt: Weinbau erspart ganz und gar das Fitness-Studio, übers Jahr kommen alle Muskelbereiche irgendwann mal an die Reihe. Und das in der frischen Luft ohne schwitzende Nachbarn in Meter-Abstand. Abgesehen von der körperlichen Er-tüchtigung im Weinberg wollten wir natürlich auch Wein machen. Unser Vorpächter hatte die Trauben an die Winzergenossenschaft abgegeben, also baten wir dort um Freigabe unseres Rebstückes. Das war kein Problem, Spätburgunder gibt es genug. Aber wo sollten wir aus den Trauben, die wir in ein paar Wochen ernten würden, Wein herstellen? Unser Doppelhaus-Hälfte-Keller eignete sich jedenfalls nicht dazu, und die Gara-ge war bereits besetzt. Abgesehen davon: Wie geht das überhaupt, Wein machen? Auch da kam uns eine Nachbarin zu Hilfe, deren Familie einige Rebstücke besitzt und ihren Wein bei einem kleinen Winzer-ein-Mann-Betrieb ausbauen lässt. Er nahm uns auch mit auf. Wir schafften einen Stahltank und zwei Barrique-Fässer an, die wir also zum Glück nicht bei uns unter-bringen mussten.

Nachdem wir im Lauf des Sommers eine akzeptable Laubwand hergestellt, die Traubenzone entblättert und die kompakten, noch grünen Trauben geteilt hatten, damit sie lockerer werden und nicht anfangen zu faulen, betrachteten wir mit Stolz unser Werk und freuten uns, als die Trauben allmählich Farbe annahmen. Jetzt war ja bis zum Herbsten nichts mehr zu tun, da können wir mal zwei Wochen verdienten Urlaub machen und unsere Freunde in Südfrankreich besuchen, dachten wir. Ende September fuhren wir los, nach einer Woche erreichte uns ein Notruf von Heinrich, das Wetter hatte umgeschlagen, Botrytis breitete sich aus, die Trauben fingen rapide an zu faulen, wir müssen so schnell wie möglich herbsten, sonst ist die Ernte im Eimer - aber nicht im Herbst-Eimer! - und die Arbeit des ganzen Jahres war umsonst. Wir packten noch am selben Abend die Koffer. Das war Lektion drei: Behalte deinen Weinberg im Auge, denn die Reben richten sich nicht nach dir. Wenn du etwas von ihnen willst, dann musst du dich nach ihnen richten. Wir haben sie beherzigt, es war unser letzter Urlaub während der Saison. Seit zwölf Jahren fahren wir nur noch über Weihnachten nach Südfrankreich.

Zum Herbsten luden wir alle unsere Freunde ein, instruierten sie, die faulen Beeren zu entfernen, und brachten noch eine gute Ernte ein. Als wir fast fertig waren fing es an zu regnen, wir hatten vorgesorgt und Planen mitgenommen, deckten den vollen Bottich ab und auch den Vespertisch, den wir für unsere Helfer gerichtet hatten und an dem dann unter der Plane bald gute Stimmung herrschte. Bevor wir mitfeiern konnten, brachten wir unser Lesegut zum Winzer, wo auf dem Hof schon die Entrappungsmaschine stand, um die Stiele von den Beeren zu trennen. Abwechselnd standen wir auf dem Hänger und schaufelten die Trauben in die Maschine. Aus der Maische zogen wir mit Messbechern hundert Liter für Rosé ab, einen Saignée, der nicht gepresst, sondern vom Most-Vorlauf gewonnen wird. Der Rotwein blieb zwei Wochen im Maischebottich. Unsere beiden ersten Weine, Jahrgang 2008. Manche unserer Freunde schwärmen noch heute vom Rosé.

Die Bank im Niemandsland

Oberhalb unseres Weinbergs hat man einen herrlichen Blick über Pfaffenweiler und die Schwarzwald-Vorberge zum Belchen und zum Blauen. Was fehlte war die Möglichkeit, sich nach getaner Arbeit oder abends mit Vesper und einer Flasche Wein irgendwo gemütlich hinzusetzen und diese zu genießen. Kurz entschlossen besorgtest du Balken und Bretter, befreitest die Böschung auf drei Metern Breite vom Brombeergestrüpp, setztest die abgerutschten L-Steine, die den Hang befestigen sollten, es aber nicht mehr taten, wieder an ihre Plätze und fingst an, eine Bank zu bauen. „Du solltest vielleicht vorher um Erlaubnis fragen", gab unser Freund und Partner Heinrich zu bedenken. Aber du warst der Meinung, das verzögere unnötigerweise das Projekt. „Das ist doch Niemandsland hier, außerdem habe ich die Böschung wieder befestigt. Eine Bank stört sicher keinen." Nach Fertigstellung der Sitzgelegenheit und Einweihung durch ein Picknick bei Vollmond brachte Heinrich eine Messingtafel mit der Gravur an: „Gebaut von Egon F. Freund der Weinkultur". Die Bank wurde gerne von Spaziergängern angenommen, oft hielten wir währen der Rebarbeit ein Schwätzle. Auf dem Staufener Weinfest besuchten wir ein paar Wochen später den Stand von Weingut H., zu dem einige Rebstücke in unserer Nachbarschaft gehören, und erzählten von dem neuen Schmuckstück am

Batzenberg zur Förderung von Tourismus und Weinkultur. „Ja, die Bank kenne ich, da sitze ich oft drauf und mache Mittagspause", erklärte der Außenbereich-Chef des Weinguts. Als wir bald darauf wieder unsere Reben bearbeiteten, kam Weingutsbesitzer H. vorbei, anscheinend neugierig, bewunderte die perfekte Schreinerarbeit und nannte die Bank einen Gewinn für die Umgebung. Dann ließ er den Blick nach oben schweifen. „Das ist ja mein Chardonnay! Die Bank steht auf meinem Grundstück!" „Ich dachte, das sei Niemandsland", versuchtest du einzuwenden. „Es gibt kein Niemandsland am Batzenberg", so die unmissverständliche Auskunft des Winzers. Aber weil er die Bank vorher so gelobt hatte, und sie ja nun mehr oder weniger in seinem Besitz war, versprach er uns eine Kiste Chardonnay als Gegenleistung. Von dem „Kischtle" blieb bei unserem nächsten Besuch im Weingut H. dann allerdings nur ein „Fläschle".

Unser eigener Weinberg

Im zweiten Weinbaujahr 2009 waren wir noch immer auf der Suche nach Unterstützung bei den Maschinenarbeiten in den Reben. Deshalb sprachst du einen Traktorfahrer an, der zwei Stücke weiter am Spritzen war. Klar, das könne er im Prinzip machen, meinte der freundlich, aber er werde diese Rebanlage im kommenden Jahr nicht mehr bewirtschaften und habe auch keine andere am Batzenberg, sein Pachtvertrag laufe im Herbst aus und der Besitzer wolle verkaufen. So lernten wir Familie B. kennen und waren ein paar Wochen später stolze Besitzer eines eigenen Weinbergs am Oberbatzenberg bei Pfaffenweiler. Das zog einige unvorhergesehene Aktionen nach sich.

Unser Vorgänger hatte noch geherbstet, aber der Weinberg hing voller Wintertrollis. Das ist die zweite Generation von Trauben, die an den Geiztrieben wächst. Vor allem die Burgundersorten treiben viele Wintertrollis aus. Als sie Ende Oktober reif waren holten wir sie, pressten sie mit neu gekauften Gummistiefeln an den Füßen in einer Wanne ab und füllten sie in einen Plastiktank. Die erste Ernte aus unserem eigenen Stück! Damals kannten wir noch nicht den Begriff Spontanvergärung, aber genau das war es, was sich in unserem Tank, den wir in den Keller stellten, bald abspielte, es gurgelte und zischte. Zum Glück waren wir so schlau, den Tank nicht fest zu verschließen, sonst wäre uns das

Ganze irgendwann um die Ohren geflogen. Dann wurde es still, der Wein schien fertig zu sein, ein Rosé mit schöner Farbe, aber geschmeckt hat er, sagen wir mal, etwas gewöhnungsbedürftig.

An unserem neuen Weinberg gefiel uns besonders die Trockenmauer, die das Stück unten begrenzt und den Hang abstützt. Trockenmauerwerk besteht aus Natursteinen, die ohne Mörtel zusammengefügt werden. Es zählt zu den ältesten Bauformen, die Technik reicht von lockeren Steinhaufen bis zum kunstvollen Verfugen großer Steinblöcke. Im Weinbau spielt die Trockenmauer traditionell eine wichtige Rolle bei der Terrassierung von Steillagen. Wegen ihrer Wasserdurchlässigkeit ist sie stabiler als gemörteltes Mauerwerk. Die Terrassierung erleichtert die Pflege der Weinberge durch Verringerung der Hangneigung. Allerdings eignen sich terrassierte Hänge weniger für maschinelle Bearbeitung, weshalb die Trockenmauer allmählich aus dem Weinbau verschwindet und mit ihr manche historisch gewachsene Landschaftsbilder. Ihre Erhaltung und ihr Wiederaufbau dienen dem Landschaftsschutz und auch der Artenvielfalt, denn sie bieten zahlreichen Pflanzen und Tieren Schutz und Lebensraum. Unsere Trockenmauer war in denkbar schlechtem Zustand. Das Mauerwerk war teilweise eingefallen oder vom Druck des Hanges vorgewölbt, einzelne Steine waren herausgebrochen. Eine Sanierung war dringend nötig, und so machtest du dich im Frühjahr 2010 an die Arbeit, die dann bis Juni dauerte, bei einem Arbeitseinsatz von 10 bis15 Stunden in der Woche. Zunächst mussten Teile der an manchen Stellen instabilen Mauer abgetragen und die Erde dahinter etwas abgraben werden, um die Steine wieder genau übereinander setzen zu können, danach wurde der Hohlraum mit Erde verfüllt. Da die Mauer schon vorher zu einem Teil gemörtelt war, wurden aus Stabilitätsgründen die oberen drei Reihen ebenfalls gemörtelt. Der untere Bereich blieb unverfugt, um den Ablauf des Wassers zu gewährleisten. Einige der in der Mauer verbauten Steine waren sehr groß und entsprechend schwer, was von vorne nicht zu sehen war. Sie mussten wieder an ihre alte Stelle, weil sie nach hinten ins Erdreich ragen und der Mauer Stabilität geben. Die zusätzlich benötigten Steine konnten wir kostenlos im Wald am alten Steinbruch in Pfaffenweiler holen, wo in den Rebstücken ausgegrabene Steine gelagert werden. Dort dürfen sich alle Winzer aus Pfaffenweiler bedienen, um ihre Mauern in den Weinbergen instand zu setzen.

Das Highlight in unserer Mauer ist der Ammonit. Er stammt aus Australien und ist etwa 200 Millionen Jahre alt. Wir erwarben ihn auf der Mineralien- und Fossilien-Messe in Saint Marie aux Mines im Elsass. Um der Mauer und unserem Rebstück einen besonderen Akzent zu geben - und weil er so gut ins Schneckental passt - setzten wir ihn in die Mauer ein. Später verwendeten wir ihn als Markenzeichen auf unseren Weinetiketten. Inzwischen hat die Mauer „mit der Schneck" in der Umgebung einen gewissen Bekanntheitsgrad erlangt. Die Stadt Pfaffenweiler ließ am Hang davor eine Bank aufstellen, und es gibt bereits eine kleine Fan-Gemeinde, die sich regelmäßig am "schönsten Weinberg von Pfaffenweiler" einfindet. Wir können auch immer wieder Touristen beobachten, die sich gegenseitig vor dem Ammoniten in unserer Mauer fotografieren. Ein Oldtimer-Händler aus der Regio lichtet seine Glanzstücke dort für seinen Werbeprospekt ab.

Inzwischen waren wir Mitglied im Maschinenring und hielten das Pflanzenschutzproblem für gelöst. Mitte April 2011, wenige Tage vor dem ersten Spritztermin, erfuhren wir, dass dem Fahrer die Wendefläche oberhalb der Mauer zu abschüssig war, er war nur unter der Bedingung, dass wir einen ebenen Wendeplatz auf dem Weinberg schaffen, bereit, unsere Reben zu spritzen. Also mussten wir so schnell wie möglich eine Baufirma ausfindig machen, die innerhalb einer Woche direkt hinter der einzelnen Rebreihe oberhalb unserer renovierten Mauer eine kleine, etwa 80 cm hohe zweite Mauer errichten sollte, um das Gelände aufschütten und somit eben machen zu können. Wir hatten Glück, unser Auftrag wurde perfekt an einem einzigen Tag ausgeführt. Der Bagger legte über die äußere Rebreihe hinweg große Steinplatten in zwei Schichten übereinander, um einen stabilen Abschluss für die Aufschüttung zu erhalten. Danach wurde der Wendestreifen bis kurz unter die Reben aufgeschüttet und mit der Baggerschaufel planiert. Noch am selben Tag säten wir Gras ein, und die Spritz-Saison konnte rechtzeitig beginnen.

Aber die Arbeit an der Mauer war noch keineswegs zu Ende. Da die Steinplatten direkt auf der Grasnarbe lagen, ergab sich von vorne die unschöne Ansicht einer abgegrabenen Erdschicht. Außerdem bestand die Gefahr, dass die Erde im Lauf der Zeit ausgewaschen wurde. Wir schleppten mehrere Tonnen Steine aus dem Steinlagerplatz heran, stachen in wochenlanger Feinarbeit per Hand Gras und Erde unter der neuen Mauer aus, um dann die entstandenen Hohlräume auszumauern, damit sowohl die Statik als auch die Optik stimmten. Zuletzt verfugten wir die Steine mit Mörtel, um die Stabilität zu gewährleisten. Zum Abschluss haben wir 3 Tonnen Kalkstein-Schotter per Hand auf die Freiflächen geschaufelt und verteilt und zwischen den Reben Rosen gepflanzt. Die Lage und auch die Natursteinmauer machen unseren Weinberg am Batzenberg zu einem Schmuckstück. Das Ergebnis rechtfertigt unsere Anstrengung: unser Rebstück bringt nicht nur guten Wein, es ist ein kleiner Paradies-Garten geworden, in dem Pflanzen und Tiere gedeihen und wo wir schon schöne Feste gefeiert haben.

Das Weingut

Die Zeiten ändern sich und mit ihnen die Ansprüche. In unserem dritten Jahr als Hobby-Winzer schmeckte uns der Wein nicht mehr gut genug, den unser Winzer-Partner aus unseren mit viel Liebe und Schweiß produzierten Trauben machte. Außerdem wollten wir mehr wissen, wollten im Keller und beim Abfüllen dabei sein - das war für ihn absolutes No-Go, sodass wir uns schließlich fragten: ist das überhaupt unser Wein? Das Fass zum Überlaufen brachte dann ein Fass. Wir hatten ein gebrauchtes Barrique-Fass bei einem Küfer im Kaiserstuhl gekauft und zum Winzer gebracht, damit er es mit unserem Rotwein belegt. Dann war das Fass plötzlich nicht mehr auffindbar. Der Streit eskalierte, bis unser Partner aufgebracht sagte: „Dann geht doch mit eurem Zeug woanders hin!" Das kam uns gerade recht, denn inzwischen hatten wir uns mit Winzer Martin angefreundet und ihm unsere Probleme geschildert, worauf er meinte, ihr könnt euren Wein bei mir im Weingut ausbauen, aber einer von euch sollte bei mir mithelfen. Das traf dann mich, mit weitreichenden Auswirkungen auf mein tägliches Leben. Wir luden also Weintanks und noch vorhandene Fässer auf unseren Hänger und fuhren ins Weingut.

Mein erster Einsatz in Martins Reben war eine Notfallaktion. Die Laubarbeit war aus dem Ruder gelaufen, die Triebe waren nicht zwischen die Drähte gewachsen, sondern hingen seitlich kreuz und quer herunter und hatten sich natürlich bereits untereinander und im Drahtrahmen verrankt. Bei strömendem Regen gingen wir zu fünft die Reihen entlang, öffneten die Federn, schoben die zwei Meter langen Triebe hinter die Drähte und schlossen die Federn wieder. Das Wasser kam nicht nur von oben sondern auch aus dem nassen Laub, meine Regenjacke hatte keine Chance, um die Mittagszeit war ich völlig durchweicht, fuhr nach Hause, zog mich um und fuhr wieder raus, ich wollte unbedingt weitermachen. Du schütteltest nur den Kopf, und du hast Recht behalten, nach ein paar Tagen war ich krank. Aber ich hatte es geschafft, mit den „Jungs" mitzuhalten und im Kampf mit der Botanik nicht aufzugeben. Und das ist etwas, das mich bis heute antreibt, die körperliche Herausforderung der Rebenarbeit. Und der Stolz, nach stundenlanger Anstrengung bei Hitze, Kälte oder Regen als Belohnung einen wunderschönen, ordentlichen Weinberg vor mir zu haben.

Das erste Herbsten mit der großen Mannschaft begann für mich enttäuschend. „Du machst den Springer", meinte Außenbereich-Chef Stefan und schickte mich in eine bereits besetzte Reihe. Ich sollte immer dahin gehen, wo jemand nicht mithalten konnte. Lieber hätte ich meine eigene Reihe geherbstet, aber so hatte ich wenigstens die Chance, die meisten Kolleginnen und Kollegen schon am ersten Tag kennen zu lernen. Bei diesem Herbst warst du noch mit in den Reben, im Jahr darauf übernahmst du das Catering und versorgst uns jeden Mittag mit Vesper oder warmen Gerichten. Nach der Arbeit draußen gibt es im Weingut noch viel zu tun, ich half mit und lernte, wie man auf dem Hänger stehend mit dem großen Saugrüssel die Trauben aus dem Bottich saugt, mit Lampe, Bürste und Schlauch und möglichst ohne klaustrophobische Anfälle von unten in die Presse kriecht, um sie sauber zu machen, ohne Höhenangst an der Mühle hochklettert, ebenfalls mit Schlauch und Lampe bewaffnet, um Trichter und Entrapper zu putzen oder den Hefefilter auseinandernimmt und die Filterplatten penibel reinigt. Überhaupt ist die Arbeit im Weingut als Training gegen allerlei Phobien geeignet, ob man aufs Hochregal steigt, um Kartons zu holen oder Barriquefässer aufzufüllen, mit dem Gabelstapler die vollen Gitterboxen transportiert und aufeinander stellt, durch das Mannloch in den Tank kriecht, um ihn auszuspritzen oder beim Pflanzen von Jungreben in einer Neuanlage hinten auf einem großen Traktor sitzt und dem Kollegen die Setzlinge anreicht. Nicht zu vergessen das Traktorfahren, aber davon später. Beim Abfüllen musste ich wie jeder Neuling zuerst die Kapseln für den Schraubverschluss auf die Flaschen setzen. Weil gute Korken immer teurer und rarer werden, entschloss sich der Winzer irgendwann, auch die hochpreisigen Weine mit Kapseln zu verschließen, das tut der Weinqualität keinen Abbruch, im Gegenteil, auch mit dieser Methode kann der Wein atmen und reifen und man vermeidet den ärgerlichen Korkgeschmack bei einigen Flaschen. Im Lauf der Zeit lernte ich alle Arbeiten an Schrauber und Abfüller kennen: Die leeren Flaschen in den Füller einhängen, sie nach dem Füllen abnehmen und aufs Band stellen und die vollen Flaschen in die Boxen legen. Irgendwann entschied Kellermeister Rudi, dass ich das Abnehmen am besten kann, seither ist es mein Job. Bei 6000 Flaschen an einem Arbeitstag und rund einem Kilo pro Flasche stemmt man also insgesamt 6 Tonnen. Da braucht man anschließend nicht mehr ins Fitness-Studio. Natürlich gibt es modernere Abfüllmaschinen, die weniger Manpower erfordern. Auch sonst ist das Weingut nicht ganz auf dem neuesten Stand. Dass es genau wie seine Mitarbeiter schon etwas in die Jahre gekommen ist macht seinen besonderen Charme aus. Und für die Weinqualität ist nicht unbedingt das Equipment sondern vor allem Erfahrung im Weinberg und im Keller ausschlaggebend. Letztere besitzt Kellermeister Rudi durch 40 Jahre berufliche Praxis und untrügliche sensorische Begabung. Er riecht und schmeckt jeden Fehlton, weiß zu jeder Zeit von jedem Wein, wie er „tickt", wie die Gärung verläuft, wann er reif für die Flasche ist und wie er sich nach dem Abfüllen weiterentwickelt. Erst als Rudi sich der Trauben annahm, die wir aus unseren Weinbergen ins Weingut brachten, begannen wir zu verstehen, wie Wein gemacht wird. Aber wir wollten noch mehr wissen, ja, wir träumten davon, Profi-Winzer zu werden. Vor allem du hattest diesen Plan. Davon später.

Wenn wir nicht draußen in den Reben sind, helfe ich

im Weingut überall mit, wo jemand gebraucht wird, Versandkartons und Paletten packen, Weinkartons an die Gastronomie ausliefern, Rechnungen schreiben, Kunden bedienen. Beim Hoffest stehe ich mit am Ausschank. Zu zweit haben wir auch schon auf Weinfesten Martins Zelt aufgebaut und seine Weine ausgeschenkt und verkauft. Dann ist auch unser Schmuck mit dabei. Wir können jederzeit unsere Flaschen aus dem Lager holen, sie durch die Waschmaschine jagen und zum Etikettieren nach Hause bringen. Das machen wir nach wie vor von Hand. In unserem kleinen Keller haben wir Platz für ca. 1500 Flaschen, die sind immer schnell verkauft. Wenn Martin in Urlaub ist, übernehme ich das Büro, mache den Verkauf und auch schon mal Weinproben. Mein Handy ist dann das Weingut-Telefon im Reben-Büro, Block und Bleistift habe ich in der Tasche, falls Bestellungen kommen. Weil ich so viel Zeit dort verbringe, ist das Weingut inzwischen meine zweite Heimat geworden, manchmal verwechsle ich die Schlüssel und will mit unserem Haustürschlüssel die Tür im Weingut aufschließen.

Noch mehr Reben

Wer Wein macht, mehr als er selbst trinken kann, der muss ihn verkaufen. Das klappte bei uns von Anfang an ziemlich gut, unser großer Bekanntenkreis erwies sich bald als treuer Fan-Club. Dann kam unser Marketing-Konzept „Schmuck und Wein" dazu - davon später. Fazit: wir brauchten mehr Wein. Deshalb verpachtete uns Martin 2013 zwei seiner Stücke, einen Weißburgunder und einen Spätburgunder mit alten Reben. Den forsteten wir erst mal auf, denn es gab viele Lücken in den Rebreihen. Die Pfropfreben kauften wir bei einem Reb-Veredeler am Kaiserstuhl, beschnitten vor dem Einpflanzen die Wurzeln und wässerten die Setzlinge über Nacht. Die Pflanzlöcher konnten wir mit dem Spaten anlegen, weil der Boden von ausgiebigen Regenfällen aufgeweicht war.

Seit die 1860 aus Nordamerika eingeschleppte Reblaus um die Jahrhundertwende fast den gesamten Weinbau in Europa vernichtet hat, werden alle Weinstöcke auf amerikanisches Rebholz aufgepfropft. Diese „Unterlagen" bilden die Wurzeln der Reben. Der Grund: Die Wurzeln der amerikanischen Wildreben sind im Gegensatz zu denen europäischer Vitis Vinifera Reben gegen die Reblaus immun. Bei den Blättern ist es umgekehrt, hier kann die Reblaus den Edelreben nichts anhaben, vermehrt sich in ihrem komplizierten, zwischen ober- und unterirdischer Lebensphase wechselnden Fortpflanzungszyklus aber gerne in den Blättern der oftmals an Böschungen wild austreibenden Amerikanerreben. Man erkennt den Befall an den fransigen, beutelartigen „Maigallen" auf den Unterseiten der Blätter. Die Bekämpfung der Reblaus durch die Pfropfmethode ist eines der erfolgreichsten Kapitel im fortwährenden Kampf gegen die vielen Rebschädlinge, von denen immer wieder neue aus anderen Erdteilen bei uns landen und neue Strategien erfordern. Ich werde in einem eigenen Kapitel auf dieses komplexe und auch spannende Thema zurückkommen. Der Wiederaufbau des europäischen Weinbaus dauerte bis in die 1950er Jahre. An den Sieg über diesen Schädling erinnert das Reblaus-Denkmal auf dem Batzenberg. Die Reblaus ist aber nicht verschwunden, sie kann jederzeit wieder auftauchen, deshalb ist das Anpflanzen wurzelechter Stöcke aus guten Gründen in Europa verboten, auch das unauffällige und kostenlose Schließen von Lücken im Weinberg durch den „Hasensprung", das Eingraben eines Triebes vom Nachbarstock, der Wurzeln zieht.

Nun hatten wir die doppelte Rebfläche zu bewirtschaften. Im Juli lief die Laubarbeit aus dem Ruder. Nach der Regenperiode wurde es schlagartig heiß, dadurch trat ein Wachstumsschub ein und wir kamen mit Einfädeln nicht hinterher. Die Triebe hingen teilweise bis auf den Boden, verwuchsen über die Gasse hinweg miteinander und mit den hochgeschossenen Brennnesseln. Nicht nur im alten Spätburgunder mit schmalen Gassen, auch im Weißburgunder mussten wir nun die Laubarbeit von Hand bewältigen, weil der Schlepper nicht mehr durchkam. Inzwischen haben wir die Rebenarbeit besser im Griff. Weil ich das ganze Jahr über im Weingut mitarbeite, machen wir auch unsere Stücke mit dem Team gemeinsam. Zu viert ist man eben viermal so schnell wie alleine, eine schlichte Wahrheit, die man draußen allerdings sehr deutlich zu spüren bekommt. Auch unsere Strategie beim Weinmachen ist professionell geworden. Weil unsere Kunden den Rosé sehr schätzen, ist für ihn der ertragreiche Spätburgunder in der Heitersheimer Sonnhohle reserviert. Hier reduzieren wir weniger, denn er soll frisch und nicht zu schwer sein. Der Weißburgunder ist mit seinen 12 Jahren noch relativ jung und trägt entsprechend viel. Außer unserem Pinot Blanc machen wir Sekt-Grundwein und eine Cuveé mit Sauvignon Blanc daraus. Die 1A-Lage am Batzenberg nutzen wir für unsere Rotwein-Auslese und für einen gehaltvollen Blanc de Noir. Aus den Spätburgunder-Trauben kann man drei unterschiedliche Weine gewinnen, denn sie haben weißes Fruchtfleisch, die Farbe ist nur in der Schale. Presst man die Trauben sofort ab und vermeidet, dass der Most Kontakt mit der Beerenhaut hat, dann wird ein Weißwein daraus, der „Weiße vom Roten" oder Blanc de Noir. In Frankreich ist er schon lange üblich, bei uns kommt er erst neuerdings in Mode und hat daher seinen französischen Namen behalten, dessen deutsches Pendant der „Weißherbst" ist. Der wird aber nicht weiß, sondern roséfarben ausgebaut. Lässt man die Maische eine Weile stehen und die Farbe aus den Schalen aufnehmen, dann wird, je länger desto dunkler, ein Rosé daraus. In Deutschland wurde der Weißherbst traditionell aus edelfaulen Trauben gewonnen und halbtrocken ausgebaut. Der französische Rosè ist typischerweise eine Cuveé und trocken. Heute ist der Weißherbst selten geworden, der Rosé hat sich eingebürgert und wird unter dem Motto „Sommerwein für die Terrasse" beworben. Wir trinken ihn aber das ganze Jahr über gern. Für den Rotwein werden die Trauben zunächst entrappt und die Maische bleibt etwa zwei Wochen, je nach Gärungsverlauf, im Bottich oder Gärtank. Sie muss ein bis zwei Mal täglich „umgestoßen" werden, um den Maischekuchen, den das Gärgas nach oben treibt, wieder mit dem Most zu vermischen. Warum es Umstoßen heißt, weiß jeder, der es einmal von Hand gemacht hat. Je frischer die Gärung, desto dichter und härter ist die Schicht aus Beerenhäuten, die oben liegt, man muss sein ganzes Körpergewicht einsetzen um sie zu durchstoßen. Nach Abschluss der Gärung wird der Rotwein gepresst.

Kollegen werden Freunde

Die Reben brachten uns zusammen. Stefan, Horst, Klaus und ich sind das ganze Jahr über draußen unterwegs. Wir, die Rentnerband vom Weingut, sind zwischen 63 und 78 Jahre alt und kommen aus ganz unterschiedlichen Regionen und Lebensbereichen. Klaus stammt aus Berlin, ist von Beruf Koch, wohnt in der Nachbarschaft und kam vor fünf Jahren zum Weingut. Aus unerfindlichem Grund fühlt er sich immer noch als Neuling. Ich habe den Verdacht, ihm gefällt diese Rolle. Er lässt sich gern anleiten und erklären und interessiert sich für alles, was mit dem Thema Wein zu tun hat. Wenn wir mal der Meinung sind, er wisse doch eigentlich Bescheid und kenne sich aus mit dem Weinbau, dann erinnert er uns mit ernster Miene an seine Anfängerfehler im ersten Jahr - die hatten wir ja ganz und gar vergessen! - als er im falschen Weinberg arbeitete, die fest verankerten Drähte in einer alten Anlage mit viel Mühe aushängte, um sie dann auf Horsts Anweisung mit ebenso viel Mühe wieder zu befestigen, und die Ruten im Weißburgunder nach der falschen Seite bog. Klaus macht gerne ab und zu den Verkauf im Weingut, wenn Martin keine Zeit hat, und organisiert Weinproben, bei denen er sein Wein-Wissen unter Beweis stellt. Aber ich glaube, noch lieber ist er mit uns draußen. Horst arbeitet seit zehn Jahren im Weingut. Er war Flugzeugmechaniker bei der Luftwaffe, Rang Oberfeldwebel, bevor er den Beruf wechselte und sich nach einer Ausbildung zum Physiotherapeuten mit einer eigenen Praxis selbstständig machte. Die Abschiedsfeier, mit der er die Praxis Jahre später schloss, wurde für ihn zum Einstieg in den Weinbau, denn der Wein für das Fest stammte vom benachbarten Weingut Z. „Kann ich bei euch mithelfen?", fragte er dort, nun mit zu viel Freizeit gesegnet, und wurde gleich eingestellt. Nach zehn Jahren wechselte er zu Nachbar Martin, hat also schon 20 Jahre Berufserfahrung im Weinbau. Er ist der Kleinste und Älteste von uns, aber absolut unverwüstlich, ein Kraft- und Energiepaket. Nichts kann ihn erschüttern, solange er nach dem Rebeneinsatz im Weingut seinen Gutedel-Secco trinken und mit uns anstoßen kann. Klaus und Horst, der Große und der Kleine, sind inzwischen unzertrennlich. „Na, wer solche Freunde hat braucht keine Feinde", meint Klaus, wenn Horst ihn mal wieder scherzhaft wegen schlampiger Arbeit rügt. Dass den beiden die nicht ganz jugendfreien Witze nie ausgehen versteht sich von selbst. Da muss Stefan dann ab und zu für Disziplin sorgen. Unser „Mosellaner" stammt aus einem großen Weinbaubetrieb. Eigentlich wollte er nicht Winzer werden, kehrte aber nach einigen Umwegen zu seinen Ursprüngen zurück. Seit 2007 leitet er im Weingut den Außenbereich. Mit nonchalanter Sicherheit steuert er den alten Schlepper durch die Reben und lässt sich auch in heiklen Situationen nicht aus der Ruhe bringen. „Euer Fahrer hat aber gute Nerven", sagte mal jemand, der beobachtet hatte, wie er am Steilhang ins Rutschen kam. „Da kann man halt nur noch lenken", so Stefan.

Ich bin in der Runde die Jüngste. Von Horst und Stefan lernte ich, was in den Reben zu tun ist. Inzwischen habe ich mich an die anstrengende Arbeit draußen bei Hitze oder Kälte gewöhnt, es macht mir Spaß mich auszupowern. Bei Klaus und Horst, zwölf und fünfzehn Jahre älter als ich, muss ich wirklich oft staunen wie sie das durchhalten. Letztes Jahr kamen wir alle an unsere Grenzen. Der Sommer war heiß, bis zu 40 Grad, im Juni explodierte das Wachstum, die Reben waren kaum zu bändigen, da hätte ich beinahe das Handtuch geworfen, aber die „Alten" bauten mich wieder auf. Wenn man so viel Zeit miteinander verbringt und auch schwierige Situationen zusammen meistert lernt man sich ganz gut kennen. Dass wir uns bei der Arbeit gegenseitig unterstützen ist selbstverständlich, die Reihen werden immer parallel gemacht, meistens im gleichen Tempo, wer doch mal zurückbleibt, dem kommt entgegen wer schon fertig ist. Geredet wird nicht viel, aber wenn, dann über Gott und die Welt, von Politik bis Familie. Und wenn am Nachmittag die Luft in den Reben zu trocken wird, setzen wir das Gespräch im Weingut bei gefüllten Gläsern fort.

Unseren Kellermeister Rudi sehen wir nur morgens bevor wir rausfahren. Er gibt uns dann noch ein paar Tipps zum Qualitätsmanagement mit auf den Weg. Bei schlechtem Wetter helfe ich ihm an der Etikettiermaschine oder mache einen Schwung Kartons fertig. Rudi ist schon längst im Ruhestand, aber das Weinmachen lässt ihn nicht los. Für uns ist er eine wichtige Person im Weingut, denn er macht unseren Wein. Wir besprechen, wie wir die Weine haben wollen, er setzt es im Keller um. Vor dem Abfüllen wird alles noch mal durchprobiert. Von ihm habe ich ein paar Worte Alemannisch gelernt - "umbige", "abekeie", "sto lo". Trotz meiner alemannischen Wurzeln verstehe ich nicht alles, wenn die Muttersprachler Rudi und Martin miteinander reden.

Am Füller haben alle ihren festen Platz, Klaus hängt die Flaschen ein, ich nehme sie ab und schiebe sie in den Schrauber, Stefan steckt die Kapseln drauf und Horst legt sie in die Boxen. An dieser Stelle wird es Zeit für einen Nachruf, denn den Job am Füller habe ich von Nik übernommen, dem Jüngsten von uns mit den ältesten Rechten im Weingut. Er ist vor drei Jahren gestorben. Mit seinen Tattoos und Piercings und seiner manchmal aggressiven Art war er für mich anfangs gewöhnungsbedürftig, er konnte leicht aufbrausen, versöhnte einen dann aber wieder mit seinem Unschuldsblick. Mit Stefan geriet er öfter aneinander. Legendär sind seine Diskussionen mit Rudi beim Abfüllen, wenn er sich ab und zu einen Schluck aus dem Filter genehmigte. Sicher hätte er gerne noch die eine oder andere Flasche getrunken.

Traktor fahren

In meinem ersten Leben wäre ich nie auf die Idee gekommen, dass ich mal Traktor fahren würde. Das lag
irgendwie jenseits des Vorstellbaren. Vielleicht macht
es mir gerade deshalb so viel Spaß, obwohl ich immer
ein bisschen Angst dabei habe. Es ist, wie vieles in
unserem neuen Leben, eine Herausforderung. Im
Weingut haben wir drei Schlepper, einen Massey-
Ferguson, der beim Herbsten für die großen Hänger
gebraucht wird, einen Holder, der nur noch selten im
Einsatz ist, und einen Deutz-Fahr Schmalspur. Ihn
fahre ich manchmal in den Reben mit Häcksler,
Mulcher oder Herbst-Bütte. Er ist sozusagen ein Cabrio
mit Überrollbügel, ohne Kabine und anderen unnötigen
Luxus. Am Anfang unserer Zusammenarbeit brachte
Stefan mir die Grundbegriffe bei. Der Deutz hat H-
Schaltung, allerdings liegt anders als beim PKW der
erste Gang hinten, der zweite vorn usw. Die vier Gänge
sind in den drei Bereichen Schnellgang, Langsam und
Rückwärtsgang schaltbar, macht 12 Gänge. Dazu
kommt Untersetzung sowie zuschaltbares Allrad. Die
angehängten Geräte werden über die Zapfwelle und
hydraulisch betrieben. Links vorne ist die Kupplung für
die Zapfwelle, durch sie wird die Drehbewegung vom
Motor auf das Gerät übertragen. Man sollte sie mit
Gefühl bedienen und erst wenn der Mulcher am Boden
ist, sonst kann die Welle beschädigt werden. Hoch und

Runter - hydraulisch - geht seitlich rechts. Das Kippen der Bütte wird über vier Hebel vorne bedient, rauf-runter-rechts-links. Klar, Hebel rauf heißt Gerät runter und umgekehrt, wäre ja sonst zu einfach. Rechts Kippen heißt Hebel runter, links Kippen Hebel rauf, zum Glück hat mal jemand ein R und ein L hingeschrieben. Alles in allem sehr viel komplizierter als Autofahren. Wie gesagt, es ist ein alter Schlepper, die neuen sind mit viel Elektronik ausgerüstet und machen (fast) alles alleine, beispielsweise den Unterlenker anpassen, an dem die Geräte angehängt werden, bei unserem alten Bock muss man das von Hand machen. Schmal-spurschlepper für die Rebenarbeit sind nicht ungefähr-lich. Je nach angehängtem Gerät haben sie einen hohen Schwerpunkt, beispielsweise wenn man den Mulcher anhebt, aus der Rebgasse fährt und wendet, um in die nächste Gasse zu fahren. Ist das Vorgewende - der Streifen, auf dem der Traktor wenden kann - uneben oder grenzt direkt an eine abschüssige Böschung, dann muss man höllisch aufpassen, um nicht zu kippen oder in den Abgrund zu stürzen. Es gibt immer wieder schwere und tödliche Unfälle, vor allem in terrassier-tem Gelände. Meine ziemlich ausgeprägte Schräglagenphobie, die ich mangels Übung noch nicht über-winden konnte, hat also auch ihr Gutes. Auch würde ich mich niemals trauen am Steilhang zu fahren.

Vom Gefühl her hat Traktorfahren nicht viel mit Auto-fahren zu tun, man fühlt sich da oben eher ein bisschen wie auf dem Pferd, mit Blick auf die Kühlerhaube statt auf den Pferdehals, vielleicht habe ich deshalb schon eine persönliche Beziehung zu unserem braven alten Deutz aufgebaut. Die Maschine mit ihrem Gewicht und ihrer Zugkraft ist immer präsent, alles ist eckig und kantig, die Technik nicht unter einer stromlinienförmigen Karosserie verpackt, Design spielt keine Rolle, Bequemlichkeit auch nicht, das Ding ist einfach reine Funktion. Jede Bodenwelle und jedes Schlagloch bekommt man direkt ins Kreuz, daran ändert auch das Bisschen Federung unter dem Sitz nicht viel, deshalb gewöhnt man sich schnell an, genau hinzuschauen wo man fährt, natürlich auch wegen der Schräglage, auf die ich wie gesagt besonders empfindlich reagiere. Schon eine geringe seitliche Neigung der Fahrbahn, die man im Auto gar nicht wahrnimmt, kommt in meinem Gleichgewichtsorgan an. Beim Heimfahren ins Weingut hatte ich anfangs noch Schiss vor der Einmündung in die Dorfstraße - Anfahren am Hang, Schrecken aller Fahrschüler - bis ich kapierte: das ist mit dem Traktor viel einfacher, man kann auf der Bremse bleiben, während man die Kupplung kommen lässt, er hat immer genug Gas. Am meisten Spaß macht natürlich das Rangieren in den Reben. In den neueren Anlagen sind die Gassen 1,80 m breit, da hat der Deutz mit 1,20 m Breite ausreichend Platz. Schwieriger sind die alten Stücke mit 1,60 m breiten Gassen, da muss man wirklich ganz grade reinfahren, sonst bleibt man mit dem angehängten Gerät am Pfosten hängen. In der Gasse fühle ich mich wohl, es ist leicht schaukelig - da macht es mir seltsamerweise nichts aus - zu beiden Seiten geschützt durch die Rebreihen, hier drin zu fahren es hat etwas Meditatives. Dabei darf man natürlich nicht vergessen nach hinten zu schauen, was der Mulcher macht, ihn an das Gelände anzupassen und die Mitte zu halten. Als Anfänger überlegt man noch, was mache ich beim Rausfahren, wird es kippelig? Egal, einfach grade rausfahren, bis der Mulcher aus der Gasse draußen ist, ihn vom Getriebe entkuppeln und hochheben, zweimal rangieren, und wieder rein in die Gasse, ein bisschen Gas geben, der Schlepper zieht über die Böschung, ich lasse den Mulcher runter, und plötzlich merke ich, das geht ja, ich kann das! Leider habe ich zu selten das Vergnügen, im Normalbetrieb ist es kaum möglich, einen „Lehrling" wie mich fahren zu lassen. Aber 2017 kam mein großer Traktor-Einsatz, da war es nicht nur Spaßfahren, sondern sogar ziemlich nötig, dass ich es konnte.

Im Herbst 2017 fiel Stefan aus, ich konnte als einzige außer unserem Winzer den Deutz fahren, der musste aber die Aufgaben im Weingut übernehmen. Er zeigte mir am ersten Tag, wie man die volle Bütte in den Bottich auf dem Hänger abkippt, ich probierte es und schaffte es, ohne dass etwas daneben ging. „Das klappt ja gut", lobte Martin, verschwand in Richtung Weingut und ließ mich mit dem Traktor und der Aufgabe allein. Ja, toll, das klappt ja gut, ich hatte es das erste Mal im Leben gemacht, Anfängerglück! Aber es den ganzen Herbst über machen? Mit der vollen Bütte, 300 Kilo

Trauben, aus der Reihe fahren, zum Hänger, der auch mal an einer schwierigen Stelle steht, abkippen, wozu ich natürlich länger brauchte als Stefan, dann wieder in die Reihe, wo die Herbster schon mit den vollen Eimern warteten - konnte das gut gehen? Ich glaubte es eher nicht, schlief schlecht vor dem zweiten Tag, an dem ich fahren musste - oder durfte. Morgens im Weingut fragte Martin: „Wer fährt den Traktor?" und ich war mutig genug laut und deutlich zu sagen: „Ich!" Und es klappte. Die Mannschaft stand hinter mir, sie wussten ja, dass ich das noch nie gemacht hatte, verziehen mir Fehler und Langsamkeit und unterstützten mich. Zwischendurch kam Stefan dazu, zeigte mir, wie man es besser macht, und ich machte es vom Mal zu Mal besser, wurde sicherer. Dann nach getaner Arbeit auf den Hof des Weinguts fahren, die Bütte ausspritzen und den Deutz in die Garage stellen - stolzer war ich nie, auch nicht nach bestandenem Doktorexamen.

Schwer erziehbar

Wie bereits erwähnt, Reben sind ziemlich undisziplinierte Pflanzen. Als Lianengewächse wollen sie immer hoch hinaus. Die Anzahl der Triebe würde sich ohne Rebschnitt jedes Jahr um ein Vielfaches multiplizieren, was die Pflanze auf Dauer schwächt und den Ertrag mindert. Außerdem wären die Reben kaum zu bearbeiten. Seit den Anfängen des Weinbaues haben Winzer auf unterschiedliche Weise versucht, die Reben zu „erziehen" und den Wildwuchs in Form zu bringen. Das Gobelet- oder Bäumchen-System wird seit der Antike praktiziert und ist noch heute in Südfrankreich, Spanien und Süditalien die übliche Erziehungsform. In alten Rebstücken kommt sie ganz ohne Drahtanlage aus. Der Rebstock wird auf ein niedriges Bäumchen mit drei Armen zurückgeschnitten. An deren Enden bleiben Zapfen mit drei oder vier Augen stehen, aus denen die neuen Triebe wachsen. Die Trauben sind durch das herabhängende Laub vor zu starker Sonneneinstrahlung geschützt und erhalten Abstrahlwärme vom Boden. Die Bearbeitung von Hand ist anstrengend wegen der geringen Höhe der Stöcke, teilweise werden überzeilig arbeitende Maschinen eingesetzt. Die Cordon-Erziehung im Drahtrahmen ist das weltweit häufigste Erziehungssystem. Bei der Jungrebe werden eine oder zwei Fruchtruten am unteren Draht angebunden, und bleiben permanent dort stehen. Die Sommertriebe werden auf Zapfen von zwei Augen zurückgeschnitten. Bei diesem System erfordert der Rebschnitt keine besonderen Kenntnisse, es kann auch maschinell geschnitten werden. In Deutschland ist es wenig verbreitet. Bei der Flachbogenerziehung dient es als Notlösung, wenn bei einzelnen Stöcken keine geeignete Rute vorhanden ist. Wenn möglich, wird der Cordon im Folgejahr entfernt und wieder eine neue Rute angeschnitten.

In Deutschland ist die Bogenerziehung am gebräuchlichsten. Der Flachbogen wird am unteren Draht befestigt, Halb- und Pendelbogen werden über den zweiten bzw. dritten Draht geführt. Letztere haben den Vorteil, dass die Ruten leichter zu biegen sind und weniger brechen. Außerdem kann man bei kurzem Stockabstand längere Ruten mit mehr Augen unterbringen und mehr Ertrag erzielen. Neuere Anlagen haben oft eine Gassenbreite von 2 Metern und mehr, dafür werden die Reben dichter gepflanzt, beispielsweise in 1 Meter Abstand, um einen Pflanzraum von 2 Quadratmetern pro Stock zu erreichen. Eine Alternative zur vertikalen Erziehung im Drahtrahmen, bei der die Triebe nach oben wachsen und eingefädelt werden müssen, ist die Umkehrerziehung. Von einem Cordon in 1,50 bis 1,70 Metern Höhe hängen die Triebe frei herunter und werden erst kurz über dem Boden beschnitten. Das erspart viel Laubarbeit, hat aber den Nachteil, dass vom Bodenbewuchs Pilzsporen leichter in das herabhängende Laub gelangen. Man sieht diese Erziehungsform eher selten. Drahtrahmen eignen sich nicht für extreme

Steillagen, an der Mosel werden deshalb unterschiedliche Formen der Pfahlerziehung eingesetzt. Das Trierer Rad ist eine abgewandelte Umkehrerziehung. Auf einem 1,60 Meter hohen Pfahl wird ein Kunststoffrad aufgesetzt, auf dem zwei bis drei kurze Schenkel liegen. Die aus Zapfen gezogenen Triebe hängen über das Rad herunter. Gebräuchlicher ist die Moselpfahlerziehung, die eine hohe Pflanzdichte erlaubt. Dabei werden zwei Ruten vom Kopf herzförmig an beiden Seiten heruntergebogen und unten am Stamm befestigt. Dieses System erfordert aufwändige Laubarbeit, weil die Triebe weit herunterhängen. Vorteil der Pfahlerziehung ist, dass man am Steilhang auch quer zur Rebreihe gehen kann. Abgesehen von praktischen Gründen hat Reberziehung auch viel mit Tradition zu tun. Wo Flachbögen üblich sind, da fallen Anlagen mit Pendelbögen oder Umkehrerziehung eben aus dem (Draht-)Rahmen, auch wenn sie vielleicht Vorteile bieten. Deshalb setzen sich alternative Erziehungsformen auch nur langsam durch, beispielsweise die Anfang der 80er Jahre in Bordeaux entwickelte Lyra-Erziehung. Die Triebe werden geteilt, aus einem Stock entstehen zwei Laubwände mit Flachbogen. Dem Klima entsprechend haben sich in manchen Ländern sehr exotische Formen des Weinanbaues herausgebildet, wie beispielsweise die kriechende Erziehung in Afghanistan oder in Syrien, bei der die Rebstöcke auf dem Boden liegen und im Winter zum Schutz gegen Frost mit Erde bedeckt werden. Dem natürlichen Wachstum der Rebe kommt die Baumerziehung am meisten entgegen, bei der die Triebe zwischen und an Bäumen emporwachsen dürfen. Sie wurde hauptsächlich in Italien in Verbindung mit Obst- und Ackerbau betrieben. Auch der Vinho Verde in Portugal reifte früher in luftiger Höhe an Pappeln, doch diese Form des Weinbaus ist inzwischen weitgehend durch ein kompliziertes Pergola-System ersetzt.

Der sogenannten Minimalschnitt wurde in Australien entwickelt und eignet sich für große, ebene Rebanlagen mit mindestens 3 Meter breiten Gassen, die ausschließlich mechanisch bearbeitet werden. Es gibt keinen Rebschnitt, bei dem man die Triebe von Hand auf einen oder zwei zurückschneidet, sondern die Reben wachsen wir eine Hecke, verzweigen sich und werden vor der Lese maschinell gestutzt. Die Trauben verteilen sich auf die ganze Höhe der Laubwand, die Beeren bleiben kleiner, haben dickere Häute und sind widerstandsfähiger gegen Pilzerkrankungen. Der Qualität tut diese Erziehungsform angeblich keinen Abbruch. Geerntet wird natürlich auch mit der Maschine. Das erspart sehr viel Arbeitszeit und damit viel Geld. Abgesehen davon, dass sich der Minimalschnitt nicht für Steillagen eignet, würde er die europäische Reblandschaft tiefgreifend verändern. Statt filigran mit schmalen Reihen sähen die Rebstücke dann eher wie Obstanlagen aus, die typische optische „Schraffur" der Rebhänge ginge verloren. Es geht eben beim Weinbau nicht nur um Ertrag, sondern auch um die Erhaltung von Kulturlandschaft.

Komplizierte Verwandtschaft

Viele kluge Köpfe haben sich an der Ampelographie, der Beschreibung der Rebsorten, versucht, unter anderem auch Goethe. Die vorgeschlagenen Gruppierungen und Verwandtschaftsbeziehungen lassen sich jedoch meist nicht biologisch bestätigen. Weltweit gibt es rund 10.000 wissenschaftlich beschriebene Rebsorten, sie haben etwa 30.000 unterschiedliche Namen, denn viele Sorten heißen je nach Land und Region anders. Zu den alten Rebsorten wie Riesling oder Spätburgunder kommt seit dem späten 19. Jahrhundert eine große Anzahl von Neuzüchtungen hinzu, die aus alten Sorten gekreuzt wurden.

Am Anfang sicht die Entwicklung der Rebe, wie sie vom schwedischen Arzt und Taxonomen Carl von Lineé beschrieben wurde, noch ganz ordentlich und übersichtlich aus. Die Kulturrebe (sativa), von der alle Ertragsrebsorten abstammen, ist eine Unterart der Weinrebe (vitis vinifera), welche zur Artengruppe der Europäerreben gehört und zusammen mit 7 weiteren Artengruppen zur Untergattung Echte Reben (Euvitis). Die sieben Cousinen sind insofern interessant, als aus 4 von ihnen die Unterlagsreben gezüchtet werden, auf welche man seit der Reblauskrise die Edelreiser aufpfropft. Einige andere spielen eine Rolle bei der Züchtung von pilzresistenten Rebsorten, sie werden mit Kulturreben gekreuzt. Die Gattung Vitis, zu der die

Echte Rebe sowie die Untergattung Muscadinia gezählt werden, gehört zu den ältesten zweikeimblättrigen Pflanzengattungen der Erde, wie durch Funde von Traubenkernen aus dem Tertiär nachgewiesen wurde. Heute kann man die seltene Europäische Wildrebe (silvestris), wie die Kaukasische Wildrebe (caucasia) quasi eine Schwester der Kulturrebe, noch in den Rheinauen am Oberrhein finden. Unübersichtlich wurden die Abstammungslinien durch 5000 Jahre Kultivierung und die etwas unkonventionelle Art der natürlichen Fortpflanzung der Reben. Beides überschnitt und ergänzte sich und brachte eine große Formenvielfalt hervor. Unter den Wildreben gibt es zweigeschlechtliche Arten mit männlichen und weiblichen Pflanzen, die sich gegenseitig befruchten, und zwittrige, selbstbefruchtende Arten. Da bei diesen die Wahrscheinlichkeit der Befruchtung höher ist, sie also mehr Trauben hervorbringen, wurden sie von den prähistorischen Rebzüchtern bevorzugt. Sie vermehrten die fruchtbarsten Stöcke mit den süßesten Trauben, indem sie abgeschnittene Triebe in den Boden steckten. Reben ziehen leicht Wurzeln, und die so erhaltenen genetisch identischen Klone haben die Eigenschaften ihres Mutter-Stockes.

Auch bei zwittrigen Reben kommt es durch Insekten zu Fremdbefruchtung. Die Kerne der gekreuzten Pflanzen besitzen ganz unterschiedliche Gene. So können beispielsweise aus den Kernen einer einzigen Beere rote und weiße Sorten entstehen. Eine weitere Variante genetischer Veränderung sind Mutationen, die bei Reben häufig spontan auftreten. Hatte eine neue Sorte erwünschte Eigenschaften, wurden sie weiter geklont. Bei der Rebzüchtung seit Mitte des 19. Jahrhunderts werden gezielt Mutter- und Vatersorte gekreuzt. Das ist ein aufwändiges Verfahren, wie ich erleben konnte, als ich am Weinbauinstitut Freiburg mithalf, Gescheine zu kastrieren. Davon später. Es kam auch vor, dass die vermeintliche Vatersorte gar nicht der Vater war, beispielsweise beim Müller-Thurgau, der erfolgreichsten deutschen Weinzüchtung und neben dem Riesling wichtigsten Weinsorte in Deutschland. Er wurde 1882 von Professor Müller aus Thurgau in Geisenheim aus Riesling und der Vatersorte Silvaner gekreuzt. Dachte man, bis sich bei DNA-Untersuchungen herausstellte, dass der Riesling versehentlich mit Pollen der Tafeltraubensorte Madeleine Royal bestäubt worden war.

Von den vielen Rebsorten, die in Deutschland angebaut werden, ist Riesling wohl die bekannteste. Es gab ihn im Raum Worms nachweislich bereits im Jahr 1430. Er mag es kühl, wächst gern auf Schiefer oder Kalkböden, weshalb er in Südbaden selten vorkommt. In der Ortenau wurde er im 18. Jahrhundert in sortenreinen Anlagen gepflanzt, was unüblich war, denn man kannte damals in Baden nur den gemischten Satz aus unterschiedlichen Rebsorten. Der älteste Riesling-Rebberg in der Ortenau ist der Durbacher Klingelberg, deshalb heißt der Riesling dort bis heute Klingelberger. Der weiße Riesling ist die deutsche Leitsorte, für viele ein Synonym für deutschen Wein. Die rote Sorte Schwarzriesling oder Müllerrebe (Pinot Meunier) - der Name kommt von den behaarten, wie mit Mehl bestäubt aussehenden Blattunterseiten - ist nicht näher mit ihm verwandt, sondern eine Mutation des Spätburgunders, der wichtigsten Rotweinsorte im deutschen Weinbau, die seit dem 9. Jahrhundert hier angebaut wird. Eine weitere Spätburgunder-Mutation ist der Ruländer oder Grauburgunder mit seinen bläulich-grauen Trauben, die Leitsorte im Kaiserstuhl. Von ihm wiederum stammt der Weißburgunder ab, der inzwischen in allen deutschen Anbaugebieten wächst. Chardonnay, wohl auch ein Burgunder-Abkömmling, und der mit den Cabernets verwandte Sauvignon Blanc, regional als Muscat-Silvaner bezeichnet, sind als international bedeutende Sorten auch in Deutschland auf dem Vormarsch. Durch den Klimawandel fühlen sich inzwischen auch Merlot und Cabernet Sauvignon wohl, manche Winzer versuchen sich in Südbaden sogar an südlichen Sorten wie Syrah. Sehr alte Sorten, deren Herkunft sich im Dunkel der Geschichte verliert, sind Grüner Silvaner, Leitsorte in Franken, Elbling, der fast nur noch an der Mosel und in Luxemburg vorkommt, und natürlich unser Gutedel, die wichtigste regionale Sorte im Markgräflerland, vermutlich eine der ältesten Kulturreben der Welt. Seine Herkunft ist nicht geklärt, genetisch ist er mit alten europäischen Rebsorten wie dem Lagreiner verwandt. In Frankreich heißt er Chasselas, nach dem gleichnamigen Dorf, wo er zuerst angebaut wurde, in der Schweiz nennt man die Sorte Fendant oder Dorin. Der Markgraf Karl Friedrich von Baden soll 1780 aus Vevey, einer bekannten Weinbaugemeinde am Genfersee, Pflanzgut in die Gegend südlich von Freiburg gebracht und damit die Verbreitung in Deutschland begründet haben, was allerdings nicht belegt ist. Der Name Gutedel findet sich erstmals 1621. Es gibt die Sorte in verschiedenen Spielarten, beispielsweise als Roter Gutedel mit hellroten Trauben, ebenfalls weit verbreitet und vielleicht die älteste Variante. Er wird weiß oder roséfarben ausgebaut.

Gutedeltrauben sind groß und auch als Tafeltrauben geeignet, ihre Beeren sind saftig und knackig. Sie ergeben einen leichten, nicht säurebetonten Wein, den man jeden Tag trinken kann. Es gibt Winzer, die etwas richtig Gutes und Edles daraus machen.

Draußen - Weinbau als Lebensform

Vom Rebschnitt bis zum Herbsten, also von Anfang Januar bis Oktober - inzwischen wird meistens schon im September geherbstet - dauert die Arbeit in den Reben, das heißt, man verbringt, wenn man alle Arbeiten selber macht, sehr viel Zeit draußen, täglich fünf bis sechs Stunden, so halten wir es im Weingut. Mit unserem alten Peugeot Expert, der jeden Tag neue Motor- und sonstige Geräusche von sich gibt und aus technisch nicht vollständig erklärbaren Gründen immer noch fährt, geht es in die Reben. Er ist Werkzeug- und Materiallager und unsere Zuflucht bei Regengüssen, Gewittern oder Graupelschauern.

Das draußen Sein war eine neue Erfahrung für mich. Man beobachtet das Wetter, den Wechsel der Tageszeiten, den Sonnenstand, registriert jeden Windhauch, die Bewegung der Wolken, die Veränderung des Lichts. Man sieht die Tiere, die in den Rebstücken leben oder deren Umfeld bewohnen, lernt die Pflanzen kennen, die an den Wegen und in den Rebreihen wachsen - wenn man sie lässt. Vorausgesetzt natürlich, es interessiert einen was da blüht und rankt und krabbelt und flattert. Die Welt draußen ist groß und weit und dreidimensional, das klingt banal, aber das Empfinden dafür geht uns, die wir in den meisten Berufen unsere Zeit vor zweidimensionalen Bildschirmen verbringen, nach und nach verloren, das Gefühl für den Raum und das allmähliche Vergehen der Zeit. Unwillkürlich lauscht man draußen auf alle Geräusche. Rascheln am Boden heißt Eidechse oder Maus. Ein metallischer Laut - Fasan drei Reihen weiter. Oben: Bussard, Krähenschwarm, Maschine im Anflug auf den Euro-Airport Basel-Mulhouse. ICE im Rheintal. Ist er deutlich zu hören wird es bald regnen, behaupten jedenfalls die Kollegen. Die Schlepper erkennt man irgendwann am Motorgeräusch, den Deutz höre ich schon von Weitem. Und noch etwas höre ich in den Reben und bin immer mehr fasziniert davon: Vogelstimmen. Darauf komme ich noch zurück.

Der Rebschnitt zu Beginn des Jahres ist die erste und wichtigste Arbeit im Weinberg, er bestimmt den Ertrag und die Qualität. Man braucht Erfahrung, denn es gibt vieles, das man beachten muss und also falsch machen kann. Seit ein paar Jahren schneide ich mit Stefan zusammen Martins Reben. Wir lassen nur eine Rute stehen, da muss man sehr genau aufpassen, damit man sich nicht für die falsche entscheidet. Sie sollte kräftig sein, aber nicht zu dick, sonst hat man Probleme beim Biegen. Das Holz muss gesund und ausgereift sein, die Ansatzstelle stabil. Die Position der Rute ist ebenfalls wichtig, am Kopf, also möglichst nicht auf der letztjährigen Fruchtrute, und in der Richtung, in der sie gebogen wird, nämlich bergab wegen des Saftflusses. Wenn möglich wechseln wir die Kopfseite, damit der Stock nicht einseitig verödet. Die Rute wird auf acht bis zehn Augen angeschnitten, das entspricht einem mittleren

Ertrag. Wir schneiden vor und kürzen die Rute, das Holz bleibt in den Drähten hängen, die alte Rute schneiden wir zweimal durch, dann kann man das Gestrüpp der verholzten Triebe, die sich mit ihren Ranken an den Drähten festhalten, besser rausziehen. Damit haben unsere beiden Kollegen schon angefangen. Für 5 Hektar brauchen wir zu zweit je nach Wetter vier bis sechs Wochen. Dann helfen wir beim Rausziehen. Das Holz bleibt in der Mitte der Gassen liegen und wird gehäckselt. Im Prinzip sollte alles, was man aus den Reben holt, außer dem Most natürlich, wieder dort landen, auch der Trester, den wir nicht zu Tresterbrand brennen lassen, wird wieder ausgebracht, ebenso die Filtermittel und der Weinstein. Spaziergänger denken manchmal, wir laden Müll in den Reben ab, wenn sie die weißen Filterschichten dort liegen sehen, aber das ist reiner Dünger.

Die nächste Arbeit ist das Biegen und Anbinden der Ruten im März. Im Markgräflerland ist der Flachbogen üblich, das heißt, die Rute wird rechtwinklig zum Stock gebogen, ein- oder zweimal um den unteren Draht, den Biegedraht, gewunden und vor dem letzten Auge mit einem etwa zehn Zentimeter langen, mit Papier umwickelten Bindedraht angebunden. Der Biegedraht muss vorher, wie auch die übrigen Drähte, die durch das Gewicht der Triebe und das Rausziehen teilweise locker geworden sind, nachgespannt werden. Beim Biegen braucht man viel Feingefühl, ja fast schon Überredungskunst, damit die Rute nicht bricht. Vorsichtig kneten und drücken, es knackt ein bisschen, wenn die Borkenfasern reißen, das hat nichts zu sagen, aber das laute, harte „Knack!" beim Brechen der Rute wird von den Kollegen immer registriert und meistens kommentiert. Gibt es noch eine Verbindung an der Bruchstelle, dann kann man sie mit dem grünen „Römerband" umwickeln und die Rute dann anbinden. Meistens wächst sie wieder zusammen. Bei den neueren Anlagen werden in diesem Arbeitsgang auch die Federn geöffnet und die Drähte gespreizt, damit die Triebe dazwischen durchwachsen können. Die verschiedenen Rebsorten lassen sich unterschiedlich gut biegen, am einfachsten geht es bei den Gutedeln mit ihren nicht sehr dicken, nachgiebigen Ruten. Die Burgunder verhalten sich auch meistens kooperativ, aber die Sauvignon Blanc! Da heißt es öfter mal Stuhlbeine biegen. Und „Knack!" - „Wir haben es genau gehört!" Besser auf feuchtes Wetter warten, dann ist das Holz weicher. Mit Biegen und Anbinden muss man fertig sein bevor die Augen anfangen dick zu werden und auszutreiben, denn dann verletzt man sie. Danach gibt es eine kleine Pause, bis die Triebe etwa Anfang April groß genug sind um mit dem Ausbrechen anzufangen.

Das größte Problem bei den Reben ist: Sie übertreiben es mit dem Wachstum. Es ist immer alles zu viel. Wie schon erwähnt, treiben einige Rebsorten, vor allem die Burgunder, aus den meisten Augen zwei Triebe aus, als Reserve bei Frost- oder Fraßschäden. Aber nicht nur die Doppeltriebe an der Rute muss man entfernen, auch der Wildwuchs am Kopf muss gebändigt werden, sonst kommt man später nicht mehr durch. Aus dem Kopf der Rebe treibt sowohl „zahmes" Holz aus letztjährigen Zapfen als auch Wasserschoße aus dem alten Holz. Die sind weniger fruchtbar als zahme Triebe, aber wenn sie gut positioniert sind kann man sie auch als Fruchtruten verwenden. Wir lassen zwei bis drei Triebe am Kopf stehen, um eine Fruchtrute für das Folgejahr zu erhalten. Auch die Stämme müssen „geputzt" werden. Leider kann man es den Rebstöcken nicht abgewöhnen, auch unten auszutreiben, das heißt, fast an jedem Stock muss man sich bücken oder vor ihm in die Knie gehen. Mit fortschreitendem Wachstum wird die Rebenarbeit zunehmend sportlicher. Jetzt muss man dran bleiben bis kurz vor dem Herbsten. Wenn die Triebe lang genug sind um zwischen den aufgespannten Drähten zu stehen, werden die Spangen geschlossen, gleichzeitig wird der obere Doppeldraht, der sie später oben festhält, ausgehängt. Er darf nicht auf dem Boden liegen, sonst bleibt der Mulcher daran hängen, wir klemmen ihn zwischendurch an die Stickel. Je nach Witterung beschleunigt sich das Wachstum der Triebe jetzt rasant. Wachsen sie über den Drahtrahmen hinaus, dann hängen wir die oberen Drähte wieder ein. Zwischen den Stickeln werden die Drähte ein- oder zweimal mit Klammern verbunden, um die Triebe zu fixieren. Die Klammern muss man dann im Winter vor dem Rebschnitt wieder einsammeln. In den alten Anlagen ohne Spangen braucht man noch mehr Klammern. Mit der

Zeit finden sich die kleinen ovalen Plastikdinger überall, in Hosen- und Jackentaschen, im Auto, in der Waschmaschine.

Ein paar Worte zum Aufbau des Sommertriebes. Seine Organe sind nach bestimmten Regeln angeordnet. Die Triebachse ist in Knoten (Nodien) und Knotenzwischenstücke (Internodien) eingeteilt. An jedem Knoten befindet sich ein Blatt, die Blätter sind wechselständig angeordnet. In jeder Blattachsel bildet sich ein Sommerauge, aus dem ein Geiztrieb austreibt, und ein oder zwei Winteraugen für das Folgejahr. Aus den Winteraugen der Fruchtrute, die wir stehen lassen, wachsen die neuen Sommertriebe. Auf der dem Blatt gegenüberliegenden Seite befindet sich im oberen Abschnitt des Triebes eine Ranke als Kletterorgan, zwischen dem dritten und sechsten oder siebten Knoten jeweils ein Geschein, so heißt die Blüte der Rebstöcke. Es entwickelt sich in der Triebspitze und erscheint gleich beim Austrieb zusammen mit den Blättern. Färbung und Behaarung der Triebspitze ist vor allem im Frühjahr beim Austrieb ein gutes Kriterium zur Bestimmung der Rebsorte. Die beiden untersten Knoten bilden nur jeweils ein Blatt ohne Ranke und Geschein aus. Mitte Juni fangen die Reben an zu blühen. Ihre Blüten sind zwittrig, die fünf Blütenblätter sind zu einem Käppchen verwachsen. Der Blühvorgang beginnt mit dem Abwerfen des Käppchens, dabei befruchtet sich die Blüte selbst, Bestäubung durch Wind und Insekten ist nicht erforderlich. Während der Blüte verströmen die Reben einen intensiven, süßen Duft. Ein Haupttrieb trägt zwei oder drei, selten vier Gescheine. Nach Abschluss der Blüte ist aus dem Geschein eine Traube geworden, aus den einzelnen Blüten sind Beeren entstanden. Der prozentuale Anteil der Blüten, der sich zu Beeren entwickelt, wird als Durchblührate bezeichnet. Sie hängt von Sorte und Witterung ab. Normalerweise entwickeln sich 30 bis 80 Prozent der Blüten zu Beeren. Ist die Durchblührate gering, spricht man von Verrieseln. Entwickeln sich aus allen Gescheinen Trauben, dann schneiden wir zur Ertragsregulierung und Qualitätssteigerung die oberen bis auf zwei weg. Aber so weit sind wir noch nicht. Jetzt wird erst mal gegipfelt.

Sind die Haupttriebe alle in den Drähten befestigt und wachsen über den obersten Draht hinaus, dann muss man sie abschneiden, denn sie hören unvernünftigerweise nicht auf zu wachsen, sondern suchen nach dem nicht vorhandenen Baum, an dem hochzuranken ihr evolutionäres Programm ist. Gegipfelt wird maschinell mit dem Laubschneider, am besten solange die Triebe noch aufrecht stehen. Ich muss wohl nicht eigens erwähnen, dass unser Laubschneider nicht das neueste Gerät ist. In unseren alten Anlagen, die zu schmal für die Maschine sind, gipfeln wir von Hand mit der Rebschere oder der großen Laubschere. Man sollte nicht zu früh gipfeln, denn danach explodiert das Wachstum der Geiztriebe. Wie ich schon erwähnte, bilden auch sie Gescheine aus. Die zweite Traubengeneration, die „Wintertrollis", werden erst im Winter reif, man lässt sie bei der Lese hängen, weil sie noch sauer sind. Die Vögel sollen auch noch ihre Ernte haben. Mindestens zweimal im Jahr muss das Laub geschnitten werden, damit die Rebzeile wie eine schmale, dichte Hecke aussieht, die Laubwand. Ab August verringert sich das Wachstum der Triebe, sie beginnen von unten nach oben zu verholzen, die Rebe investiert ihre Kraft nun in die Traubenreifung. Bevor diese anfängt, bearbeiten wir die Trauben. Um sie freizulegen werden zuerst in der Traubenzone einseitig die Blätter entfernt, auf der Wetterseite lassen wir sie dran zum Schutz vor Hagel und zu starker Sonneneinstrahlung. Nun bekommen die Trauben mehr Licht und Luft, damit wird die Reife begünstigt und Fäulnis verhindert. Jetzt rächt es sich, wenn man bei der Laubarbeit nicht sorgfältig war, zu viele Triebe stehen geblieben sind und die Trauben sich zu dichten Nestern verklumpen. Die muss man auseinanderziehen, manchmal ganze Triebe wegschneiden, auch wenn schöne Trauben dranhängen, damit die übrigen frei hängen können. Die Burgunder sind besonders arbeitsintensiv, ihre meist kompakten Trauben werden geteilt, damit sie lockerer werden und die Beeren sich nicht gegenseitig zerdrücken. Mit dieser Arbeit sollte man fertig sein bevor die Trauben weich werden, sonst verletzt man sie und riskiert Botrytis. Bei den Burgundern haben wir also vor der Lese fast jede Traube einmal in der Hand. Die Gutedel sind weniger anspruchsvoll, wir hängen die Trauben einzeln, schneiden raus was zu viel ist und befreien zwischen den Drähten oder in die Stickel eingewachsene Trauben. Am einfachsten machen es uns die Sauvignon Blanc, da darf man nicht entblättern, denn sie vertragen nicht zu viel Sonne, sonst geht das typische Sauvignon-Aroma verloren. Die Trauben sind eher klein, man braucht sie nicht zu teilen. Ab und zu auf Botrytis kontrollieren, das ist alles. Und dann, 100 Tage nach der Blüte, kann geherbstet werden. Aber davon später.

Mitbewohner in den Reben

Sie sind immer da, auch wenn wir sie nicht wahrneh-
men, sie haben sich vermutlich an unsere regelmäßige
Anwesenheit gewöhnt und finden sie sogar manchmal
nützlich, etwa wenn wir Mäuse aufscheuchen, nach
denen Mäusebussard, Turmfalke und Rotmilan von
oben Ausschau halten: die eigentlichen Bewohner der
Reben und der umgebenden Landschaft, die Tiere. Am
präsentesten sind die Vögel, weil sie fast immer Laut
geben und oft zu sehen sind. Die vierbeinigen Mitbewohner lassen sich dagegen eher selten blicken und
bleiben meist stumm. Oft finden wir ihre Spuren, im
Winter die Kuhlen im bereiften Gras, wo Rehe über-
nachtet haben, und die Abdrücke ihrer Klauen auf den
unzähligen Wildpfaden, die sich durch das Rebland
ziehen. Ab und zu springt unsere fünf- bis achtköpfige
Reh-Gang in einiger Entfernung vorbei, sie haben uns
natürlich längst bemerkt. Noch können sie keinen
Schaden anrichten, das ändert sich beim Austrieb. Rehe
sind Feinschmecker, sie interessieren sich nur für die
zarten Triebspitzen. Wenn man ihnen wenigstens bei-
bringen könnte, die Stämme zu putzen, aber auch da
lassen sie stehen was ihnen nicht schmeckt und wir
müssen uns trotzdem bücken. Im Frühjahr deponieren
sie gern ihren Nachwuchs im Schutz der Rebreihen.
Die größeren Kitze laufen weg, wenn man sich nähert,
aber die ganz kleinen bleiben bewegungslos liegen,

man sieht nur ihren vor Angst schnellen Atem. Wir gehen vorbei und tun so, als hätten wir sie nicht bemerkt. Wenn Stefan mit dem Mulcher unterwegs ist achtet er auf Muttertiere. Sieht er eines aus der Reihe laufen, dann liegt das Kitz dort irgendwo. Er nimmt es mit einem Handtuch auf und trägt es aus dem Gefahrenbereich. Anfassen darf man es nicht, sonst erkennt die Alte es nicht mehr an. Oft finden wir junge Feldhasen. Die Mütter verteilen ihren Wurf großräumig und machen mehrmals täglich die Runde, um die Jungen zu säugen. So besteht nicht die Gefahr, dass der Fuchs alle auf einmal holt. Dachse gibt es auch in den Reben, sie sind nachtaktiv, deshalb sind wir noch nie einem begegnet. Sie graben große, tiefe Löcher, in die man schon mal überraschend und schmerzhaft treten kann. Einen Beweis für ihre Anwesenheit fanden wir vor ein paar Jahren beim Herbsten am Batzenberg. Dort hatten sie eine halbe Reihe abgeerntet, die Trauben zerkaut und den matschigen Rest unter den Stöcken liegen lassen. Ein Jäger sagte uns, das sei typisch, sie mögen nur den Saft und das Fruchtfleisch, nicht die Häute. Also auch Feinschmecker. Eine weitere Reihe war allerdings von zweibeinigen Traubendieben mit Scheren geleert worden. Leider werden die Rebhäusle heute nicht mehr wie vor hundert Jahren über die Herbstzeit bewohnt, man bewachte damals die Reben und wehrte zwei- wie vierbeinige Räuber ab. Auch vierbeinige Mitarbeiter gibt es in den Reben, Schafe, die im Frühjahr die Rebstücke abweiden. Manche Schäfer verleihen ihre Herde an Winzer, die Tiere bleiben dann ein oder zwei Wochen in einem eingezäunten Rebstück und mulchen es sehr ordentlich, auch unter den Stöcken, wo der mechanische Mulcher schlecht hinkommt. Gleichzeitig wird gedüngt. Wir freuen uns über die Mäh-Geräusche unserer Kolleginnen im Nachbarstück. Unsichtbar bewohnen Hundertschaften von Mäusen ihr unterirdisches Gangsystem unter unseren Füßen. Sie locken manchen Jäger an, außer den Greifvögeln, die stets über uns kreisen, auch einmal ein Hermelin, das dich am Batzenberg mit großen schwarzen Augen im schneeweißen Fell anschaute.

Weil wir in unseren alten Anlagen nicht sehr oft mulchen und Blühpflanzen stehen lassen, gibt es viele Schmetterlinge, Wildbienen, Hummeln und andere Insekten, im Sommer brummt der ganze Weinberg, Wespen gibt es natürlich auch, die sieht man nicht ganz so gern. Im Herbst gehen sie an die reifen Trauben. Sie hatten sich in unserer Bank eingenistet, und weil wir Schadensersatzklagen von Spaziergängern vermeiden wollten, die bei einer Verschnaufpause eventuell gestochen werden könnten, bautest du die sowieso sanierungsbedürftige Bank in diesem Frühjahr auseinander, ersetztest morsche Bretter und versperrtest den Wespen den Zugang. Ein Wahrzeichen unserer Weinberge am Batzenberg ist die Zauneidechse. Sie ist leuchtend grün bis auf den braunen Rücken, der unterscheidet sie von der Smaragdeidechse, die am Kaiserstuhl heimisch ist. Wenn wir arbeiten sehen wir regelmäßig diese schönen

Tiere, mit der Kamera erwischt man sie selten, sie sind einfach zu flink. Natürlich sind sie streng geschützt, wie auch die Weinbergschnecken, die unsere Stücke in großer Zahl bewohnen.

Und nun zu den Vögeln. Als wir kurz vor unserem Umzug das letzte Wertpaket für einen Kunden zur Post brachten und dem Postler, der uns immer am Schalter bediente, erzählten, wohin wir auswandern, machte er große Augen. „Nach Südbaden! Da gibt es viele seltene Vogelarten, die man hier nie zu sehen bekommt!" Er war Hobby-Ornithologe und schwärmte von den Bienenfressern, die in den Lößwänden am Kaiserstuhl ihre Bruthöhlen graben. Sie sind papageienbunt, türkisfarbener Bauch, gelbe Kehle, orangener Rücken. Oft fliegen sie im Pulk oder einzeln über uns weg, vielleicht nisten sie inzwischen auch in den Markgräfler Lößwänden. Gegen den Himmel und in der Entfernung sind ihre Farben natürlich nicht zu sehen, man erkennt sie aber am Flugbild und an den trillernden Rufen. Das Flöten der Pirole kann ich von einem bestimmten Rebstück aus immer wieder hören. Die leuchtend gelben Vögel mit schwarzen Flügeln und schwarzem Schwanz sind ebenso auffällig wie scheu und verlassen kaum das kleine Waldstück in einer Senke, wo sie nisten. Nur einmal habe ich zwei vorbeifliegen sehen, seltenes Glück! Eine exotische Begegnung hattest du am Batzenberg. Aus einer Rebreihe kam ein Wiedehopf herausspaziert, wechselte direkt vor dir über den Weg und verschwand im benachbarten Rebstück.

Von März bis Juli begleitet uns der Gesang der Vögel in den Reben. Allmählich bin ich auch schon zur Hobby-Ornithologin geworden, nur dass ich nicht mit Fernglas und Teleobjektiv bewaffnet arbeiten kann sondern auf meine Augen und Ohren angewiesen bin. Inzwischen erkenne ich schon viele Vögel am Gesang. Jeder Weinberg hat seinen eigenen Sound. Am Batzenberg herrscht das di-di-di-düüü der Goldammern vor, auch Hänflinge sieht und hört man öfter. In diesem Frühjahr beobachtete ich eine Familie von Schwarzkehlchen, sie taten mir den Gefallen, sich auf die Stickel im benachbarten Rebstück zu setzen.

Einen Vogel zu entdecken, den man noch nicht kennt, ist spannend. Wenn ich einen unbekannten Ruf höre, schleiche ich mich aus der Rebreihe, um weder von den Kollegen noch vom Zielobjekt bemerkt zu werden, und laufe dem Gezwitscher nach. Leider haben die meisten Vögel die Angewohnheit, sich zu verstecken, wenn sie singen. Beim Versuch, den Sänger im Gebüsch zu entdecken, komme ich manchmal abschüssigen Böschungen gefährlich nahe, nach unten schaue ich dann natürlich nicht. Mit etwas Glück kann ich den Vogel deutlich genug sehen, um zuhause in Pareys Vogelbuch nachzuschlagen, das ich seit meiner Kindheit besitze. Wenn eine Abbildung mit meiner Beobachtung ausreichend übereinstimmt - meistens nicht hundertprozentig, irgendwas hat man immer falsch gesehen - dann hole ich mir den dazugehörigen Gesang aus dem Internet. War es der, den ich gehört habe - Bingo! Ein neuer

Bekannter. So habe ich die Dorngrasmücke identifiziert, sie singt sehr charakteristisch, auch beim Balzflug, ansonsten ist sie unscheinbar graubraun. Ihre Verwandte, die Mönchsgrasmücke, grau mit schwarzer Kappe, ist mit ihrem melodischen, sehr lauten Gesang - wie kann so ein kleiner Vogel eine solche Lautstärke entwickeln? - fast überall anzutreffen.

Bauch und Schwanz orange, graubrauner Rücken, schwarze Kehle, weiße Stirn - düü-di-di-di - der Gartenrotschwanz zeigt sich netterweise gern in der Krone des Kirschbaumes neben Martins Spätburgunder, wo er wohnt. Die Nachtigall brauche ich nicht zu sehen, ihren Gesang kenne ich aus Südfrankreich. In den Reben habe ich ihn ein einziges Mal gehört, in der Krone einer Robinie beim Sauvignon Blanc in Buggingen. Wenn Ende Juli der Gesang allmählich aufhört, macht mich das jedes Jahr traurig. Aber dann ist ja auch die Rebensaison bald zu Ende. Und nächstes Jahr hören und sehen wir uns wieder!

Und dann war da noch die Eule. Beim Herbsten fanden wir in unserem Stück am Batzenberg eine junge Waldohreule. Genauer gesagt: Georg, der uns manchmal beim Herbsten hilft, erschrak über ein knackendes Geräusch im hohen Gras - wir hatten mal wieder nicht gemulcht - und blickte gleich darauf in zwei große, runde, orangefarbene Augen. Die Eule hing im Klettenlabkraut fest, wir mussten das klebrige Zeug rund um sie abschneiden. Sie schnappte mit dem Schnabel nach uns, das war das Geräusch, wir konnten uns vorstellen, wie sich eine Maus fühlt, die da hineingerät. Bei der Wildtier-Auffangstation, wo wir anriefen, riet man uns, das Tier in eine Decke oder einen Pullover einzuschlagen und die Augen zu bedecken. Das klappte, die Eule beruhigte sich und wir lieferten sie bei der Station ab.

Peronospora, Esca und Co.

Wenn die Reben auch sehr robust wirken, was Schädlinge angeht sind sie Mimosen. Es gibt zahlreiche Reb-
krankheiten, die Blätter, Holz, Wurzeln und Trauben
befallen und schlimmstenfalls den Rebstock innerhalb
kurzer Zeit umbringen. Im Weinbau läuft ohne Pflanzenschutz also nichts, das gilt auch für den biologi-
schen Weinbau.

Von der Reblaus war schon die Rede, sie vernichtete
beinahe den gesamten europäischen Weinbau, bis jemand auf die geniale Idee mit den Pfropfreben kam.
Ähnlich erfolgreich verlief die Bekämpfung des Trau-
benwicklers. Diese kleine, unscheinbare Motte vernichtete regelmäßig ganze Ernten und wurde mit Arsen und
DDT bekämpft, mit schlimmen gesundheitlichen Folgen für Winzer und Rebenarbeiter. Die Puppen der
Traubenwickler überwintern am Rebstock. Der erste
Mottenflug mit Begattung findet von Ende April bis
Anfang Mai statt, auf ihn folgt die erste Larvengeneration, genannt „Heuwurm". Die Motten legen ihre Eier
in die Blütenkäppchen, die Larven fressen an den Blü-
tenständen der Gescheine und verspinnen die Ein-
zelblüten. Zweiter Mottenflug Ende Juni bis Anfang
Juli, die zweite Larvengeneration „Sauerwurm" bohrt
sich in die unreifen Beeren. In südlichen Ländern und
in warmen Sommern tritt noch eine dritte Generation
„Süßwurm" auf. Heute bekämpft man den Trauben-

wickler statt mit Insektiziden mittels Sexuallockstoffen, den Pheromonen. Pheromonquellen werden weiträumig in und um die Rebanlage gehängt, wodurch sich eine großflächige Wolke des Sexualduftstoffes über der Anlage verbreitet. Aufgrund der fehlenden Orientierung sind die Männchen nicht mehr in der Lage, die Weibchen zu finden (Verwirrungsverfahren, Konfusionsmethode). Die Methode ist umweltfreundlich und schont Nützlinge, es ist nur eine einmalige Anwendung vor dem ersten Mottenflug nötig. Allerdings ist sie nur wirksam, wenn die Pheromonkapseln auf größeren zusammenhängenden Flächen aufgehängt werden. Die Gemeinschaftsanwendung erfordert organisatorischen Aufwand, aber sie ist auch ein alljährlicher Event, und nach dem Aufhängen gibt es Vesper und natürlich Wein für die Helfer.

Die Pilzkrankheiten machen den Winzern am meisten zu schaffen. Seit langem bekannt ist der echte Mehltau oder Oidium, er trat schon in der Antike auf. Um den Befall frühzeitig zu erkennen, pflanzte man Rosenbüsche an den Anfang der Rebreihen, wenn sie Symptome zeigten musste man schnell handeln. Der Pilz überwintert als Mycel in den Knospenschuppen oder durch Fruchtkörper im Holz oder abgefallenem Laub. Mit Beginn des Knospenwachstums im Frühjahr zeigt er sich als mehlig-grauer, abwischbarer Pilzrasen an einzelnen Trieben. Hochdruckwetter, kühle Nächte mit Tau und warme Tage fördern das Mycel-Wachstum. Die Pilzfäden haften an der Oberfläche von Trieben,

Blättern, Gescheinen, später an den Trauben. Sie ernähren sich durch Saugorgane, die in die Pflanzenzellen eindringen. Die sichere Bekämpfung von Oidium setzt voraus, den Beginn der Krankheitsausbreitung zu verhindern. Vorhandener Befall kann nur noch unzureichend geheilt werden, das heißt, die eingesetzten Mittel, beispielsweise Netzschwefel, sollten nur vorbeugend eingesetzt werden.

Der falsche Mehltau oder Peronospora wurde Ende des 19. Jahrhunderts aus Nordamerika nach Europa eingeschleppt. Sein Lebenszyklus ist komplex. Sporen von befallenen Blättern überwintern im Boden, keimen bei Feuchtigkeit und Wärme und gelangen durch Wind und Spritzwasser auf die Blätter. Sie setzen bewegliche Zoosporen frei, die durch die Spaltöffnungen in das Blatt eindringen und ein Mycel im Blattinneren zwischen den Blattadern bilden. Im Gegensatz zum echten Mehltau ist Peronospora also ein Endoparasit. Man erkennt den Befall am charakteristischen „Ölfleck". Zehn bis zwölf Tage nach der Erstinfektion kommt es bei Nacht, Nässe und über 12 Grad zum Ausbruch, die Ölflecken bilden auf den Blatt-Unterseiten weißen Pilzrasen. Zoosporen werden in großer Menge freigesetzt, verteilen sich durch den Wind und haften an feuchten Blättern. Innerhalb von acht Tagen kommt es dann zur Zweitinfektion. In diesem Zeitraum muss eine gezielte Bekämpfung durch Fungizide stattfinden. Bis September sind bei entsprechenden Wetterbedingungen immer wieder Neuinfektionen möglich, gefährdet sind vor allem junge, ungeschützte Blätter. Wird die „Blatt-fallkrankheit" nicht bekämpft, infiziert sie auch die Trauben, es entstehen sogenannte „Lederbeeren". Langfristig stirbt die Rebe ab. Wichtig bei der Bekämp-fung von Oidium und Peronospora sind genaue Prog-nosen durch lokale Wetterstationen. Im Internetportal VITIMETEO werden sie bereitgestellt, außerdem in-formieren Weinbauberater die Winzer wöchentlich über die notwendigen Maßnahmen.

Botrytis oder Grauschimmel befällt beschädigte Trau-ben, er dringt durch Risse in der Beerenhaut ein. Die Infektion breitet sich bei Wärme und Feuchtigkeit in-nerhalb weniger Tage aus. Man unterscheidet die Sau-erfäule, den Befall unreifer Beeren, und die Edelfäule bei reifen Beeren, die durch Verdunstung das Mostge-wicht steigert, verschiedene Säuren produziert, Phenole und Farbstoffe abbaut. Das wirkt sich bei Weißwein positiv auf den Geschmack aus, bei Rotwein führt es zu Farbverlust. Die Sekundärinfektion durch Essigfäule, wenn im Weinberg vorhandene Hefen den aus Botrytis-Beeren ausgetretenen Zucker zu Alkohol vergären und dieser von Essig-Bakterien in Essig umgewandelt wird, kann den Geschmack des Weines beeinträchtigen, befallene Beeren müssen bei der Lese sorgfältig ent-fernt werden.

Eine neue Pilzkrankheit breitet sich seit einigen Jahren, begünstigt durch die Klimaerwärmung, massiv in den Reben aus. Besonders gefährdet sind Silvaner, Sauvig-non Blanc und Gutedel. ESCA ist eine Mischinfektion durch verschiedene Pilzarten. Beim Rebschnitt dringen die Sporen in frische Schnittwunden ein, breiten sich im Holz über 4-7 Jahre aus und zerstören die Leitbahnen, der Stock kann kein Wasser mehr aufnehmen und vertrocknet. Auffällig ist das „Tigermuster" der Blätter befallener Stöcke. Zuletzt stirbt der Stock im Sommer, besonders bei Trockenstress, innerhalb weniger Tage ab. Gegen diese Krankheit ist bis jetzt noch kein Kraut gewachsen. Manche Winzer versuchen, durch schonenden Rebschnitt eine Infektion zu verhindern. Befallene Stöcke sollte man kennzeichnen und im Winter kurz über der Veredelung abschneiden. Da die Krankheit sich von oben nach unten ausbreitet, ist eventuell ein neuer Stockaufbau im Frühjahr möglich.

Die Kirschessigfliege, eine Mutation der Essigfliege, die mit ihren gezähnten Eiablageapparat gesunde Früchte anritzt und ihre Eier darin ablegt, erschien im Jahr 2014 als neuer Schädling in unseren Breiten und versetzte die Winzer in Aufruhr. Ihre Vermehrungsrate ist gigantisch, sie infizierte ganze Rebanlagen der von ihr bevorzugten dunklen Rotweinsorten mit Essigfäule. Da sie keine extreme Wärme und keine direkte Sonneneinstrahlung mag, konnte sie in den vergangenen heißen Sommern keine nennenswerten Populationen aufbauen.

Wieder in die Schule

Winzer H., unser Nachbar am Batzenberg, dessen ausgezeichneten Weine wir in unserem früheren Leben oft gekauft hatten, besuchte uns ab und zu in den Reben und gab uns Tipps bei der Arbeit. Eines Tages sagte er zu dir: „Einer meiner Kunden ist noch verrückter als Sie, der will jetzt in der Abendschule eine Ausbildung zum Nebenerwerbs-Winzer machen." Was?? Wo?? Wie?? Natürlich warst du sofort Feuer und Flamme und recherchiertest im Internet. Noch in derselben Woche fuhren wir nach Emmendingen und meldeten uns im Landratsamt für den nächsten Kurs an, drei Semester von November 2013 bis März 2015. Im September trafen wir uns zum ersten Mal mit unseren zukünftigen Mitstreitern in der Landwirtschaftsschule Hochburg Emmendingen zu einer Info-Veranstaltung und fühlten uns etwas fehl am Platz zwischen Leuten, die teilweise schon von Kindesbeinen an im Weinberg gearbeitet hatten, von den Eltern geerbte Reben nebenberuflich bewirtschafteten und nun noch eine Winzer-Ausbildung dranhängten, oder als gelernte Weinküfer ihr Wissen im Weinbau vertiefen wollten. Und wir als Quereinsteiger und Hobby-Winzer, die das Ganze aus Jux und Tollerei angefangen hatten, passten nicht so recht dazu. Als wir uns dann kennenlernten, differenzierte sich das Bild. Unter den 23 Schülerinnen und Schülern in unserer Klasse waren die verschiedensten

Berufe vertreten, von Lehrerin über IT-Expertin, Kartographin, Orthopäde, Chemiker bis zum Designer und Musiker. Und verschiedene Altersstufen, vom Jüngsten mit 22 bis zum Ältesten (das warst du) mit 66. Natürlich hatten alle irgendwie mit Wein zu tun. Der Musiker hatte in eine Winzerfamilie geheiratet und fuhr jetzt mit dem Traktor durch die Reben. Die Kartographin, deren Job von Google Maps ersetzt worden war, hatte ein Rebstück mit der inzwischen seltenen alten Sorte Elbling gekauft, wollte ökologischen Weinbau betreiben und den Wein selbst ausbauen. Der Orthopäde war Weinkenner und wollte mehr über die Traubenproduktion wissen. Die Eltern der IT-Expertin und ehemaligen Weinkönigin aus der Pfalz waren im Rentenalter und wollten die Reben verkaufen, da entschloss sie sich, sie zu übernehmen. Als sie dein Alter erfuhr, konnte sie nicht glauben, dass ihr Schulkollege so alt wie ihr Vater war. Sie legte an jedem Schultag rund 400 Kilometer zurück. Wir hatten es zum Glück nicht so weit und brauchten etwa eine halbe Stunde bis zur Hochburg. Unterricht war am Dienstag und Mittwoch von 19 bis 22 Uhr. Bis wir nach Hause kamen war es meistens elf Uhr. Samstags von 8 bis 13 Uhr war der EDV-Kurs, den ersparten wir uns. Als wir kurz nach der Info-Veranstaltung die beiden Lehrbücher „Weinbau" und „Kellerwirtschaft" in der Hand hielten wurde uns allmählich klar, worauf wir uns eingelassen hatten. Auf rund 750 Seiten behandeln sie alle Themen und Arbeitsbereiche, mit denen man als Winzer zu tun hat.

Und das sind viele! Sehr viele! Und sehr unterschiedliche. Das Spektrum reicht von Biologie, Aufbau und
Ernährung der Pflanze, Schädlinge, Klimakunde, Geo-
logie und Chemie über Agrartechnik, Motoren und
Geräte, Pflanzenschutz, Bodenpflege, Ökologie bis zu
Kellertechnik, Gärung, Filtration, Analyse, Sensorik.
Nicht zu vergessen das Weinrecht, ein sehr umfangreiches Thema (Grundsatz: was nicht ausdrücklich erlaubt
ist, ist verboten), sowie Marketing und Wirtschaft. Und
all das in zwei Semestern, denn das Sommersemester,
wenn alle im Weinberg arbeiteten, bestand nur aus
einigen Exkursionen und vor-Ort-Terminen. Nach der
ersten Klausur brauchten wir dringend ein Bier, um das
Wein-Thema zu neutralisieren, und du wolltest die
Flinte ins Korn werfen, wie man so sagt. Es gab die
Möglichkeit, als Gasthörer teilzunehmen und sich den
Klausur-Stress zu ersparen. Dann bekamen wir unsere
Noten, du hattest mit einer Zwei abgeschnitten und
bliebst dabei. Wir beide waren das einzige Paar in der
Klasse. „Ihr seid ein cooles Team", meinte Sebastian,
unser Jüngster, der mit seiner Familie 100 Hektar Re-
ben und Landwirtschaft bearbeitete und den ganzen
Tag auf dem Traktor saß. Unsere Lehrer verbrachten
nach ihrem Arbeitstag als Winzer, Weinbauberater,
Önologen oder Weinbautechniker zwei nicht übermä-
ßig gut bezahlte Abende in der Woche damit, uns ihr
Wissen zu vermitteln. „Ihr interessiert euch wenigstens
dafür, das macht mehr Spaß als mit den Jungen, die oft
gar keine Lust zum Lernen haben", meinten sie.

Wir waren inzwischen eine eingeschworene Gemeinschaft und irgendwie wieder im Schüler-Modus angekommen. Mitten im Unterricht konnten wir losprusten wie damals im Gymnasium, wenn uns beispielsweise beim Thema Pheromone der Lehrer fragte: „Sind Sie auch in der Verwirrung?" oder uns Ratschläge für Peronosporabefall gab, was wir tun müssen, wenn wir „einen Ausbruch haben". Der kam dann auch prompt, wir bogen uns vor Lachen wie mit fünfzehn und durften einander dann nicht anschauen, denn sofort spielte das Zwerchfell wieder verrückt. Ich weiß nicht, was die Lehrer von uns gedacht haben, gestandene Männer und Frauen, die sich unter Lachanfällen krümmen.

Ein Vorzug der Winzer-Ausbildung gegenüber eher trockenen Studienfächern waren die Sensorik-Stunden mit Weinprobe. Allerdings war es nicht immer ein Vergnügen, die mit künstlichen Fehltönen angereicherten Proben in den Mund zu nehmen. Natürlich wurden sie wieder ausgespuckt. Sensorik ist ein schwieriges Thema, weil Geruchs- und Geschmacksempfindungen schwer zu erkennen und zu benennen sind - ist das jetzt Kiwi? Oder eher Grapefruit? Oder doch vielleicht Birne? Da kann man schon mal voll daneben liegen. Peinlich wird es, wenn man den Wein in der Runde „ansprechen" soll und in blumiger Rede seine Geschmacksblindheit offenbart. Die gute Nachricht: man kann Geruch- und Geschmacksinn trainieren. Wie? Na ja, trinken, trinken, trinken! Der Profi lässt den Wein, über alle verfügbaren Geschmacksknospen fließen und spuckt ihn dann aus. Manchmal ist es aber einfach zu schade um den guten Tropfen!

Unsere Lehrerin Marion suchte im Frühjahr 2014 Mitarbeiter zum Gescheine-Kastrieren, und so machte ich 2014 und 2015 diesen spannenden Job in der Rebzuchtabteilung des Freiburger Weinbauinstitutes. Wir, eine etwa zehnköpfige Truppe aus allen Alters- und sozialen Klassen, saßen auf Weinkisten vor unseren Reben, bewaffnet mit einer feinen Pinzette und in fortgeschrittenerem Alter mit einer starken Brille, und suchten uns ein geeignetes Geschein aus. Es musste kurz vor der Blüte stehen, aber die Blütenkäppchen durften sich noch nicht ablösen, damit es nicht zur Selbstbefruchtung kam. Ein passender Job für eine Goldschmiedin, was die Feinmotorik betrifft, allerdings bei 30 Grad in der prallen Sonne. Beim Abzupfen der rund 20 Blütenkappen, Durchmesser etwa 2 mm, durfte man die Narben nicht verletzen. Irgendwann band ich mir die Brille an den Ohren fest, damit sie mir nicht von der schweißnassen Nase rutschte. War man fertig - keinesfalls durfte man auch nur ein einziges Staubgefäß dranlassen - wurde das Geschein eingetütet und Name und Uhrzeit auf die Tüte geschrieben. Das war die Muttersorte. Bei der Vatersorte, die eingekreuzt werden sollte, wurden die aufblühenden Gescheine eingetütet. Nach der Blüte sammelten wir die Tüten ein. Der Inhalt wurde getrocknet, die Blütenkäppchen ausgesiebt, die Pollen wieder in Papiertüten verteilt und auf die kastrierten Gescheine der Muttersorte gestülpt. Ein bisschen dranklopfen und hoffen, dass es klappt. Über diese Arbeit lernten wir Wolfgang kennen, auch einen der interessanten, nicht ganz alltäglichen Menschen, die uns im Weinbereich begegnet sind. Er ist selbstständiger Geologe und beim WBI für die Bodenproben zuständig, hatte schon den halben Globus bereist, fuhr jedes Jahr zur Weinlese nach Frankreich und gehörte als einziger Deutscher unter 500 Franzosen zur Mannschaft des Chateau Mouton Rothschild. Ein paar Mal half er uns in unseren Reben und machte dabei schmerzhafte Bekanntschaft mit den Brennnesseln in meinem Stück. Beim Stechen von Bodenproben, worum wir ihn als Fachmann baten, schlug er sich heftig mit dem Hammer auf den Daumen, verzog aber keine Miene. Ich hoffe, er behält die Arbeit im Weingut Frank trotzdem in guter Erinnerung.

2014 herbsteten alle Kursteilnehmer mit eigenen Reben um die 50 Kilo Spätburgundertrauben für unser Gemeinschaftsprojekt Schulwein. Die Lagen reichten vom Markgräflerland über den Kaiserstuhl bis zur Ortenau. Wir brachten die Trauben zum Weingut unseres Lehrers Florian, insgesamt 702 Kilo, dort wurden sie gepresst und der Wein ausgebaut. Im Februar 2015 füllten wir ihn ab. Das Etikett haben wir beide entworfen, Küfermeister Markus übernahm die Kontrolle der kellerwirtschaftlichen Maßnahmen. Nach genauer Kalkulation wurde der Wein zum Flaschenpreis von 7,- Euro vermarktet. Den Erlös von rund 2000,- Euro spendeten wir für einen guten Zweck.

Im März 2015 wurde es dann ernst. Und uns wurde klar, dass es dann vorbei war mit dem Schülermodus und wir wieder in unseren Alltag zurückkehren würden, nun als „Staatlich geprüfte Fachkraft für Weinbau im Nebenerwerb". Kurz vor der Abschlussprüfung kam ein Mitglied des Prüfungsausschusses in die Klasse und teilte uns mit, dass wir zusammen mit den Lehrlingen im Sommer die reguläre Gesellenprüfung zum Winzer machen können. Allerdings müssten wir uns die fehlenden Kenntnisse bis dahin selbst aneignen. Das klang doch sehr viel besser: „Winzer"! Vierzehn von uns meldeten sich an. Zur Kontrolle, wie weit unsere Fähigkeiten reichten, machten wir die Zwischenprüfung der Lehrlinge mit. Und da gab es große Ernüchterung, vor allem bei denen, die keine Praxis hatten. Klar, ich war mal auf dem Traktor gesessen, aber den Düngerstreuer anhängen? Ich kämpfte vergeblich mit der Zapfwelle, die Prüfer unterdrückten ein Grinsen. Und wie setzt man den Deckel auf das ovale Mannloch im Tank? Mit ein bisschen Logik hätte ich darauf kommen können, dass man den Tank wegen des Druckes von innen verschließen muss, deshalb ist die Öffnung oval. Man schiebt den Deckel durch, passt ihn von innen in die Öffnung, setzt den Bügel auf den Rand und zieht die Mutter fest, ganz einfach. Wenn man es weiß. Und am besten weiß es, wer es jeden Tag macht. Ich lese in der Mitteilung über das Ergebnis der Zwischenprüfung: „Mangelnde praktische Kenntnisse - keinerlei praktische Erfahrung - war bemüht." Das saß. Also was tun?

Ab sofort jeden Tag Rudi und Stefan nerven, dass sie mich was machen lassen. Das war das Eine. Aber geschafft haben wir - und zwar alle 14 Quereinsteiger - die Gesellenprüfung aus einem anderen Grund. Wir taten uns zusammen, trafen uns in den fünf Monaten bis zur Prüfung zwei Mal die Woche reihum, ausgerüstet mit den Prüfungsfragen der vergangenen Jahre, und lernten. Bei den Profis in der Runde übten wir unsere praktischen Fähigkeiten. Georg ließ uns in seinem Landmaschinenbetrieb mit verschiedenen Schleppern fahren, Franks Vater erklärte uns die Pflanzenschutzmittel, mit Heiko übten wir Auslitern und Auszeilen. Ich übernahm die Aufgabe, diese Treffen mit Fotos und Text zu dokumentieren und an alle per E-Mail zu schicken, da sammelte sich mit der Zeit ein kleines Lehrbuch an. Bei fast jedem Treffen wollte jemand aussteigen, aus Prüfungsangst oder wegen eines Motivationstiefs, aber die anderen bauten ihn oder sie wieder auf. Die schriftliche Prüfung schafften alle mit Bravour. Und dann kam die große Herausforderung. Wir waren mit der praktischen Prüfung, die sich über vier Wochen hinzog, als erste dran, am staatlichen Weingut Blankenhornsberg. Zum Glück konnten wir das Weingut am Tag zuvor bei einem allgemeinen Prüfungs-Vorbereitungstag anschauen und uns mit den Räumen vertraut machen. Die Prüfung am 28. Juli 2015 dauerte von neun bis achtzehn Uhr. Der Chef empfing und begrüßte uns, hielt dich allerdings zuerst nicht für einen Prüfling, sondern für den „Fahrer", der Sohn oder

Tochter zur Prüfung gebracht hatte. Wir bekamen unsere Themen, und ich musste wieder an den Düngerstreuer. Zuerst jedoch wurden wir in Marketing geprüft, in Form einer simulierten Weinprobe. Ich hatte nicht ganz verstanden, dass man bei Urlaubern aus Bayern keine tiefergehenden Weinkenntnisse voraussetzen kann und kredenzte ihnen auch die großen Gewächse. Du überzeugtest die Prüferinnen mit einer eigenen Foto-Kreation als Werbemittel. Bis zu den nächsten Prüfungen war dann eine längere Pause, wir fuhren nach Hause um noch mal ins Lehrbuch zu schauen. Als es an der Tür klingelte, schautest du etwas ungehalten über die Störung aus dem Fenster hinunter und teiltest dem Mitarbeiter der Björn-Steiger-Stiftung, der dich mit Herr Dr. Brandenburg-Frank anredete, kurz angebunden mit: „Ich habe keine Zeit, ich muss jetzt meine Gesellenprüfung machen!" Seither hat uns die Stiftung aus dem Verteiler gestrichen.

Dann ging es weiter. Während der Prüfung musste man jeden Handgriff erklären und begründen, was man tat. Die beiden Prüfer durften nichts sagen und außer bei akuter Lebensgefahr für den Prüfling nicht eingreifen. Nach der Prüfung sollten wir Prüflinge uns selbst beurteilen. Den Düngerstreuer musste ich dieses Mal nicht anhängen, sondern auffüllen, zum Glück hatte ich mir die Formel zur Berechnung der Ausbringmenge eingeprägt. Zum Schluss imponierte ich noch mit einem Satz unseres Weinbauberaters und wurde besser benotet als ich mich eingeschätzt hatte. Im Keller lief es dann auch nicht schlecht, weil ich tags zuvor wirklich noch Rudi genervt hatte und wusste, dass man das Gärrohr abnehmen muss, bevor man den Wein - respektive das Prüfungs-Wasser - aus dem Tank pumpt. Aber du hast mit deiner Prüfung im Pflanzenschutz den Vogel abgeschossen. Intuitiv entschiedest du dich für das richtige Mittel, berechnetest richtig die Menge, litertest die Düsen richtig aus, fuhrst souverän mit dem Schlepper - nein, nicht in die Reben, die sind am Kaiserstuhl richtig steil! - und warst in der halben Zeit fertig. „Was fragen wir den Herrn Frank denn jetzt noch?", fragten sich die Prüfer, und du ließest dir noch einige Antworten auf nicht gestellte Fragen einfallen. Danach war es auch nicht mehr schlimm, dass dir nach fachgerecht durchgeführter Zucker-Analyse nicht mehr einfiel, was du da grade analysiert hattest. „Schauen Sie mal was da draufsteht", brachte dich der Prüfer auf die Sprünge. „Ach ja, Zucker!!"

Am Abend schenkte der Chef auf dem Hof Sekt aus und beglückwünschte alle zur bestandenen Prüfung. „Und besonders gefreut haben mich die guten Ergebnisse der älteren Prüflinge", betonte er. Am 5. November wurden uns auf der Freisprechungsfeier in der Stadthalle Offenburg die Urkunden überreicht. Wir alle erschienen fein gestylt, so hatten wir einander eher selten gesehen. 45 stolze Jungwinzer und Jungwinzerinnen hielten ihre hart erarbeiteten Trophäen in die Kamera, 14 davon nicht mehr ganz so jung. „Der Jüngste hier auf der Bühne ist 17, der Älteste 66 Jahre alt", kommentierte der Präsident des Weinbauverbandes, „Sie sehen also, man ist nie zu alt, um noch etwas Neues zu lernen!" Großer Applaus aus dem Publikum - für dich, den ältesten Jungwinzer, den es in Baden je gab.

Schmuck und Wein

Nun waren wir also Winzer. Hier hätte die Schmuck-Geschichte zu Ende sein können, wäre da nicht dieser kreative Bazillus gewesen, das sich ganz heimtückisch ins Geschehen einschlich, in Form eines Rebdrahts, durch und durch schwarz und von besonderer Elastizität. Als wir mal wieder mit dem Einfädeln der Triebe im Verzug waren, entdecktest du das Material bei ZG Raiffeisen und spanntest es zusätzlich zu den Eisendrähten in unseren Stücken, die gleich viel ordentlicher aussahen. Der Bayco-Draht besteht aus Polyamid und hat nur 15 Prozent des Gewichts von Eisendraht, das erleichtert das Spannen. Durch seine Elastizität lassen sich die Triebe leicht darunter schieben und er hält sie fest. Aber nicht nur in den Reben machte er sich gut, dir war sofort klar, dass da noch mehr drinsteckt. Polyamid gehört zu den Thermoplasten, das sind Kunststoffe, die sich thermisch verformen lassen. Du hattest in deiner Examensarbeit mit dieser Technik gearbeitet und Schmuckstücke aus Plexiglas kreiert. Nur war der Rebdraht mit 2 mm etwas zu dünn. Beim Hersteller ließ sich erfahren, dass er in 4 mm Stärke in der Austernzucht zum Einsatz kommt, die Austernkörbe im Meer werden daran aufgehängt. In 6 mm Stärke dient er zum Einzäunen von Pferdekoppeln, im Unterschied zu Metalldrähten können sich die Tiere an ihm nicht verletzen. Einige Meter 4-mm-Draht ließ uns die nette

Dame in der Firmenzentrale direkt zuschicken, und sie gab uns Telefonnummern von mehreren Gestüten. „Wie viele Paletten brauchen Sie denn?", wurdest du gefragt. Die 50 Meter, die du haben wolltest, gab es umsonst, nur das Porto mussten wir übernehmen. Dann konnte es losgehen. Während ich meinen Winzer-Job im Weingut machte, saßest du in der Werkstatt und experimentiertest mit den thermischen Eigenschaften von Polyamid. Nach einigen Wochen hattest du die beste Methode zum Verformen heraus. Die Armspangen und Ringschienen sind elastisch und kehren immer wieder in ihre Ausgangsform zurück. Was auf die Länge der Rebreihen die Dehnbarkeit ausmacht, wirkt im kleinen Format als Federspannung. Nun fehlten noch die Schmuckelemente. Gemeinsam entwarfen wir organische Formen und ließen sie in Silber gießen. Wir wollten modische, dekorative Schmuckstücke zu moderaten Preisen machen, die etwas mit unserem neuen Leben zu tun haben. Um noch mehr Korrespondenz zwischen dem Schmuck und dem Wein zu schaffen, ließen wir die Silberteile in den Farben unserer Weine galvanisch veredeln: Gold für Rosé, weiß für Blanc de Noir und Pinot Blanc, schwarz für Pinot Noir, den Spätburgunder. Dazu kamen weiße und goldfarbene Südseeperlen und graue Tahitiperlen. Der Bayco-Draht ist nur in schwarz verfügbar, deshalb entschieden wir uns für den Marken-Namen „NOIR", auch in Anlehnung an den Pinot Noir, unsere vorrangige Rebsorte. Weil wir für unsere Weine die französischen Namen

Pinot Blanc, Noir und Rosé verwenden, suchten wir auch für die Schmucklinien passende französische Namen aus. Allmählich bekam unser Konzept ein Gesicht. Nur die Weinflaschen passten noch nicht so recht dazu. Unsere ersten Weine hatten wir in Burgunderflaschen gefüllt, die Etiketten zeigten naturalistische Zeichnungen von Trauben. Nun entschieden wir uns für Bordeaux-Flaschen, die besser zu unserem Gesamtkonzept passen, auch wenn wir auf Burgunder spezialisiert sind. Das sorgt regelmäßig für Verzögerung beim Abfüllen, weil die Maschine jedes Mal auf unsere Flaschen eingestellt werden muss. Alle fluchen, aber du bleibst hart, Design ist eben Design, da lässt du nicht mit dir spaßen. Markenzeichen unserer Weine ist der Ammonit in der Stützmauer deines Weinbergs. Er erscheint auf allen Etiketten, dazu der Name des Weines, sonst nichts. Alle weiteren Informationen stehen auf dem Rücketikett, sodass wir das Vorderetikett schlicht halten können.

Und dann kam die nächste Inspiration. Wie gesagt, Reben sind Kletterpflanzen. Ihre Kletterorgane sind die Ranken, zartgrüne dünne einmal verzweigte Ärmchen, die wechselständig jeweils auf der den Blättern gegenüberliegenden Seite der Triebe wachsen und alles was sie berühren spiralig umwickeln. Im Winter verholzen sie und bilden natürliche Schmuckformen. Schon früher hast du sie bei winterlichen Spaziergängen gerne fotografiert. Wer nach dem Rebschnitt das Holz aus den Drähten zieht, kann allerdings wenig Begeisterung für die Schönheit der Ranken entwickeln, sie halten sich oft so hartnäckig fest, dass man sie lästigerweise abschneiden muss. Bevor das passiert, gehst du mit Stoffbeutel, Schere und sicherem Blick für geeignete Objekte durch die Reben, zugegebenermaßen nicht nur durch unsere eigenen, und sammelst Ranken. Die schönsten Exemplare werden abgeformt und in Silber gegossen. Aus diesen Rohformen baust du Ringe, Anhänger, Ketten und Armbänder, Naturformen direkt vom Rebstock, von der Pflanze kreiert. Dieser Schmuck ist noch näher dran am Wein und an unserem Leben als Winzer, jeder, der mit Weinbau zu tun hat, erkennt direkt, woher die kleinen Kringel, Schleifen und Spiralen stammen. Weil das so ist, können wir diese Kollektion, wir haben sie Noir Nature genannt, zusammen mit unseren Weinen auf Weinmessen ausstellen, es ist der ideale Schmuck für Wein-Fans und Winzerinnen - und natürlich für Weinköniginnen.

Weinkönigin

Im März 2015 besuchten wir die weltgrößte Weinmesse ProWein in unserer alten Heimat Düsseldorf. Weil wir noch an der Schule waren, bestanden wir an der Kasse auf reduzierte Eintrittskarten für Azubis und bekamen sie auch. Stolz wanderten wir damit durch die Gänge an den unüberschaubar vielen Winzern aus der ganzen Welt und ihren ebenso unüberschaubar vielfältigen Weinen vorbei. Im Mittelgang kam uns eine attraktive junge Frau entgegen. Auch ohne Krone erkanntest du sie sofort: „Das ist die Badische Weinkönigin Josefine S.!" Und natürlich durfte sie nicht einfach so vorbeigehen. Wozu hatte ich mich denn mit all unserem Reben-Schmuck behängt! Prospekte hatten wir natürlich auch dabei. Es gefiel ihr alles sehr gut, und weil ihr elterliches Weingut von uns aus nur zwei Dörfer weiter ist - was du natürlich wusstest - lud sie uns ein, doch mal vorbeizukommen, sie würde gerne etwas von uns tragen und ihrer Mutter würde der Schmuck sicher auch gefallen. Das war der Beginn einer wunderbaren Freundschaft. Die Eltern Stephanie und Rainer empfingen uns herzlich und fragten gleich, ob wir unseren Schmuck bei ihrem Hof-Fest im August ausstellen wollten. Das wollten wir natürlich! Wir legten der Weinhoheit zum Abschied noch einige Schmuckstücke passend zu ihrem Outfit an, die sie dann auch bei offiziellen Auftritten trug. Im August, als frisch gebackene Winzer, stellten wir zum ersten Mal beim

Hof-Fest aus, natürlich nur den Schmuck. Gleich auf Anhieb hatten wir guten Erfolg. Am letzten Tag kamen Mutter und Tochter zu uns an den Stand mit dem Kleid, das sie gemeinsam für die Wahl der Deutschen Weinkönigin im September ausgesucht hatten. Dazu fehlte noch der passende Schmuck, und du fertigtest ein Rebranken-Collier und ein Armband an. Am 25. September saßen wir dann vor dem Fernseher und fieberten mit bei der Wahl. Der Schmuck kam so gut zur Geltung, dass uns zwei Kunden noch während der Sendung anriefen, um zu fragen, ob er von uns ist. Josefine gewann die Wahl und wurde Deutsche Weinkönigin 2015/16, mit unserem Schmuck. „Nicht wegen, aber mit unserem Schmuck", betonst du bei Gelegenheit. Collier und Armband kaufte dann ein Wein-Gremium bei uns und schenkte es der Königlichen Hoheit, und wir legten noch einen Goldring dazu.

Seitdem sammelst du Weinköniginnen und Weinprinzessinnen aus der Region und darüber hinaus. Lernen wir eine Weinhoheit kennen, die gerade frisch im Amt ist, dann schenkst du ihr eine kleine silberne Traube als Anhänger. Viele haben auch Schmuck bei uns gekauft, die Rebranken sind natürlich besonders beliebt. Das bis jetzt größte Projekt war eine Brautkrone für die Elsässische Weinprinzessin. Wir lernten sie mit ihren Eltern auf einer Messe in Mulhouse kennen, alle drei waren auf Anhieb von unserem Rebranken-Schmuck begeistert. Da sie ihre offizielle Krone vor dem Hochzeitstermin im August wieder abgeben musste, ließen die

Eltern für ihre Prinzessin eine Brautkrone aus Rebranken mit einer Tahiti-Perle von dir anfertigen. Eine Krone, genauer: ein Diadem gab es bisher in unserer Kollektion noch nicht, und für dich war es eine goldschmiedische Herausforderung. Wir fuhren zwei Mal ins Elsaß zur Anprobe, beim zweiten Mal saß sie perfekt und passte wunderschön zu der jungen Frau. Wir wurden zur Hochzeit eingeladen und konnten die Braut mit dem Glanzstück bewundern.

Ein Korkenzieher, den man nicht benutzen kann.

„Egon Frank hat viele Ideen", so heißt es in einem SWR-Film, der 2017 über dich gedreht wurde, aber dazu komme ich später. Eine Idee mit vielen unvorhersehbaren Folgen war der „Tire Bouchon". Beim Sammeln der Ranken für deine Schmuckkollektion fiel dir irgendwann auf, dass ein Abschnitt des verholzten Triebes mit Ranke wie ein klassischer Korkenzieher mit Spirale und Griff aussieht, wenn man ihn um 90 Grad dreht. So entstand ein serienfähiges Unikat, mit Blattgold veredelt, im Rahmen und nummeriert, nachwachsende Kunst in kleinem Format, ein geniales Geschenk für Winzer, Weinliebhaber, Sommeliers und alle, die mit Wein zu tun haben. Die aus ihrem natürlichen Zusammenhang isolierte Form erinnert an ein Werkzeug, das wiederum in kulturellem Zusammenhang mit dem Produkt des Rebstocks steht, an dem sie gewachsen ist. Ein doppelter Verweis, der den ästhetischen Reiz in einen Anreiz zum Nachdenken verwandelt. Könnte man diesen Korkenzieher benutzen? Natürlich nicht, das ist ja grade der Witz an der Sache. Immer wieder reagieren Betrachter irritiert und belustigt, manche glauben tatsächlich auf den ersten Blick, man könne den Korkenzieher benutzen, bis sie merken oder man ihnen erklärt, was es ist.
Dieses kleine Objekt, zum Öffnen von Weinflaschen ungeeignet, öffnete uns einige Türen. Wie meistens

kam dabei der Zufall zu Hilfe. Eine frühere Kundin fragte nach einem unserer alten Modelle, du erzähltest ihr von unserem neuen Leben als Winzer, und sie nannte dir eine große Weinhandlung mit fünf Filialen in Deutschland, wo sie den Wein für Vernissagen in ihrem Geschäft kaufte. Auf der Internetseite der Weinhandlung war ein Kunst-Wettbewerb für die Gestaltung der Titelseite ihres Jahreskataloges ausgeschrieben. Man konnte sich mit Bildern, Skulpturen oder Collagen beteiligen, das Genre spielte keine Rolle, einzige Bedingung: das Kunstwerk musste etwas mit Wein zu tun haben. Verlangt war ein Foto der Arbeit. Einsendeschluss: 31. Januar. Gelesen hast du das am 26. Januar. Noch am selben Tag schicktest du per Expressbrief ein Foto deines Lieblings-Korkenziehers an die angegebene Adresse und dachtest anschließend nicht mehr daran. Mitte Februar fuhren wir nach München zur Schmuckmesse. Wieder zuhause, hattest du eine E-Mail von der Weinhandlung, sie begann: „Sehr geehrter Herr Frank, leider..." - ach ja, der Wettbewerb, klar, das war kein Treffer, macht nichts. Du öffnetest die Mail, und darin stand: „...leider konnten wir Sie in den letzten Tagen nicht erreichen, Sie haben den diesjährigen Kunstpreis gewonnen. Die Juroren waren sich so einig wie nie zuvor, alle Stimmen wurden für nur 3 Werke vergeben. Ihr Bild ‚Korkenzieher' ging als klarer Sieger hervor. Herzlichen Glückwunsch!" Außer der Ehre gab es ein kleines Preisgeld, du konntest dir einige besondere Weine aussuchen und deine Arbeit im

Jahreskatalog vorstellen. Im November nahmen wir an einer Ausstellung mit den bei der Weinhandlung vertretenen Winzern teil. Aber der interessanteste Effekt ergab sich wieder aus Zufall. Ein Artikel in der Badischen Zeitung erschien, den las ein Redakteur vom SWR, besuchte uns und schlug dich für ein Porträt in der SWR-Landesschau vor. „Besonders interessant für die Zuschauer ist doch immer ein Bruch in der Biografie", meinte er freundlich lächelnd. Also rückte im August ein SWR-Team an, Redakteur, Kameramann und Assistent. Drei Tage wurde gedreht, zuerst mit „unserer" Weinkönigin Josefine. Sie war wie immer charmant und fotogen und legte deine neuesten Kreationen an, die ihr natürlich perfekt standen. Am zweiten Drehtag besuchten wir das Weingut, auch Martin kam ins Bild und wurde zwischen den Fässern im Barrique-Lager interviewt. Dann ging es zu uns nach Hause. Du wurdest am Werkbrett und beim Vergolden der Korkenzieher gefilmt und befragt und warst dabei so locker und professionell, als hättest du nie was anderes gemacht als dich fürs Fernsehen filmen zu lassen. Nur im Gespräch mit Josefine, als ihr eine Szene mehrmals wiederholen musstet und dabei die Spontaneität etwas verloren ging, meintest du, das sei nichts für dich. Sie als Fernseh-Profi nach zwei Jahren Weinkönigin hatte damit kein Problem. Im Interview sagst du sehr schöne und zutreffende Sätze über unser neues Leben in den Reben: „Das ist Meditation, das ist so eine Entspannung, das hatte ich früher nie. Früher hatte ich nie das

Gefühl, ich komme zur Ruhe, man war eigentlich immer unter Strom. Viele haben gesagt, musst du denn in deinem Alter noch mit Wein anfangen, das ist doch so eine wahnsinnige Arbeit. Da habe ich gesagt, was man aus Freude macht, das ist etwas Geniales. Wir beide sind von dem Wein so angefressen, dass wir uns gar nicht mehr vorstellen können, wie unser Leben ohne Wein war. Wenn ich unseren ersten Wein trinke, wir haben noch ein paar Flaschen Rotwein, und die Weine heute, da haben wir doch eine ganz ordentliche Steigerung drin."

Der letzte Drehtag fand in unseren Reben am Batzenberg statt. Das bedeutete für den Kameramann etwas Akrobatik am Hang und an der Mauer bei großer Hitze. Als Entschädigung gab es danach eine Flasche von unserem Rosé, und du hattest ein kleines edel-Vesper für alle vorbereitet. Aus den drei Drehtagen wurden vier Minuten Film, die am 30. August in der Landesschau ausgestrahlt wurden. Wir schauten sie zusammen mit Wilfried und Maria an, unseren Freunden und ehemaligen Nachbarn in Meerbusch, die im Hotel Spielweg Urlaub machten. Und in Meerbusch sah ihn meine ehemalige FH-Kommilitonin, von der wir lange nichts gehört hatten, und schickte uns gleich eine E-Mail.

Wir schauen uns den Film immer wieder gerne an und zeigen ihn auch auf Messen und Ausstellungen. Denn wir sind nun wieder oft unterwegs und präsentieren unser Lebens- und Arbeitskonzept „Schmuck und Wein" auf Wein- und Gourmetmessen oder Handwerks- und Lifestyle-Ausstellungen. Auf den Wein-Messen können wir auch unseren Reben-Schmuck mitbringen und haben damit ein Alleinstellungsmerkmal. In Karlsruhe entdeckte uns die bekannte Sommelière Natalie Lumpp, und stellte uns gleich einer staunenden Gruppe von Weininteressierten als "Jungwinzer" vor. Inzwischen sind wir befreundet, sie besucht uns auf den Messen, mag unsere Weine, und natürlich trägt sie auch unseren Schmuck!

Messe-Business wie früher, könnte man meinen, als wir mit unserer Kollektion und aufwändigem Messestand auf internationalen Schmuck-Fachmessen vertreten waren. Aber beides lässt sich nicht vergleichen. Damals steckten wir mitten im brancheninternen Wettbewerb, hatten den Ehrgeiz, jedes Jahr neue ausgefallene Designs zu zeigen und mussten hohe Summen umsetzen, um die Kosten einzuspielen. Heute passt unser selbst gebauter Stand mit Kühlschrank und Schmuckvitrinen in einen Kleintransporter, zwischen den Messen möbliert er unsere Küche. Heute stehen wir auf den Messen, um - ja, klar, um zu verkaufen, aber nicht nur deshalb. Jedes Mal begegnen wir interessanten, sympathischen Menschen, ob Aussteller oder Kunden, hören spannende Lebensgeschichten, erzählen unsere eigene und freuen uns immer wieder, wie positiv die Zuhörer auf unsere Geschichte reagieren, die ja nicht unbedingt dem gängigen Karriereschema entspricht. Gerade für junge Leute ist es motivierend zu sehen, dass man auch in fortgeschrittenem Alter noch etwas Neues ausprobieren kann, sich dabei nicht nach den Erwartungen anderer richten und sich vor allem nie entmutigen lassen sollte. Auf einer vorweihnachtlichen Lifestyle-Messe in Düsseldorf - durch sie besuchen wir einmal im Jahr unsere alte Heimat und nutzen die Gelegenheit, um Freunde und frühere Mitarbeiter zu treffen, von denen einige auch auf der Messe ausstellen - sagte eine junge Frau, die schöne, ausgefallene Mode machte, kaum etwas verkauft hatte und darüber ziemlich frustriert war, zu uns: „Allein nur weil ich Sie kennengelernt habe, hat sich die Messe für mich gelohnt!"

Wie macht man Wein?

Ausgangspunkt für den Wein ist die Lese von gesunden vollreifen Trauben. Den Lesezeitpunkt bestimmt die physiologische Reife. Man kann sie durch einen Geschmacks- und Konsistenztest feststellen. Die Beeren sollten braune Kerne haben, ihr Fleisch löst sich vom Kern, die Kerne schmecken nicht bitter. Zweiter Faktor: Mostgewicht. Es ist unterschiedlich je nach Traubensorte, gemessen wird es mit der Oechslewaage oder dem Refraktometer. Kommen die Trauben im Weingut an, wird Rotwein abgebeert, also die Stiele entfernt. Das Lesegut nach dem Abbeeren ist die Maische, sie enthält Kerne und Beerenhäute. Bei der Maischegärung wird die Farbe aus den Häuten gelöst, der Wein wird rot. Ein anderes Bereitungsverfahren, z.B. für Beaujolais Primeur, ist die Maceration Carbonique, die Gärung unter CO_2 ohne Sauerstoff. Es ergibt fruchtige Weine mit wenig Gerbstoff. Die Beeren werden nicht angepresst, der Behälter mit CO_2 geflutet, die Gärung findet interzellulär in der Beere statt, der Wein wird komplett in der Beere durchgegoren.

Bei Weißwein ist Ganztraubenpressung üblich (mit Ausnahme von Muskateller, der sein Aroma während einer längeren Maischestandzeit entwickelt). Beim Pressen geschieht die Phasentrennung in Most (abgepresster Saft) und Trester (Stiele, Schalen, Kerne). Während der ganzen Prozedur gilt es, die Trauben möglichst schonend zu behandeln, auch beim Pressen. Pneumatische oder Membranpressen sind schonend durch niedrigen Druck (0,2 bis max. 6 bar), dafür haben sie längere Presszeiten von 1 - 4 Stunden mit 8 - 10 Press-Sektionen. Membranpressen bestehen aus einem rotierenden Presskorb, Pressmembran und Kompressor. Die Pressmembran wird mit Druckluft auf die Trauben gedrückt, ist der Pressdruck erreicht, wird er eine Weile gehalten. Der Saft wird in einer Mostwanne aufgefangen. Nach dem Pressvorgang wird die Membran mit Vakuum an die Trommelwand gezogen, der Tresterkuchen zerbröckelt beim Rotieren des Presskorbs. Anders als bei mechanischen Pressen wie Korb- oder Spindelpressen werden bei der Ganztraubenpressung in der Membranpresse die Stiele nicht zerquetscht, dadurch treten wenig Gerbstoffe aus. Manche Sorten sind schwer zu pressen, beispielsweise Silvaner oder Gutedel, da dienen die Stiele als Presshilfe. Nach dem Pressen wird der Most im Hefefilter geklärt. Hilfsmittel sind Kieselgur (Meeresalgen) oder Perlite (Vulkangestein). Das Pulver, auf Filterschichten aufgetragen oder in den Most eingerührt und ausgefiltert, bindet Trubteilchen. Weitere Methoden zur Vorklärung sind das Flottieren durch Luftzufuhr in den Tank, die Trubstoffe steigen an Luftblasen auf, der Saft wird unten abgelassen, oder das Sedimentieren, das Absetzen der Trubstoffe im Sedimentiertank.

Die alkoholische Gärung ist der entscheidende Vorgang, der die Qualität des Weines bestimmt. Dabei werden aus dem im Most enthaltenen Zucker unter Wärmeentwicklung Alkohol und Kohlendioxid im Verhältnis 1:1 erzeugt. Je nach Weinstil werden dem Most Reinzuchthefen zugesetzt, oder man lässt zur Spontanvergärung die im Weinberg vorhandenen Hefestämme wirksam werden. Durch Kühlen oder Erwärmen kann man die Gärung steuern. Die ideale Gärtemperatur liegt bei 18-20 Grad. Je kühler, desto länger dauert die Gärung, der Wein wird fruchtig, Wärme bringt mehr Fülle. Auf das Thema Gärung komme ich im folgenden Kapitel zurück.

Das bei der Gärung entstehende Gärgas entweicht durch das zum Luftabschluss mit Wasser gefüllte Gärrohr oben im Tank. Solange es blubbert, ist die Gärung noch im Gang. Das Gärgas ist schwerer als Luft und sinkt auf den Boden des Gärkellers. Je nach Konzentration kann es betäubend oder sogar tödlich wirken. Deshalb muss der Keller während der Gärung gut durchlüftet werden. Die zweite Gärung, Maceration Malolactique oder biologischer Säureabbau (BSA), baut unangenehme Äpfelsäure zu Milchsäure um. Bei Rotwein ist BSA die Regel, bei Weißweinen führt sie zu einem bestimmten Geschmacksstil, der Wein schmeckt harmonisch und füllig. Wir machen auch bei den Weißweinen BSA, das entspricht unserem eigenen Weingeschmack, denn wir wollen vor allem Weine machen die wir selbst gerne trinken.

Wenn der Wein durchgegoren ist stirbt die Hefe und setzt sich als Trub ab. Nun erfolgt der erste Abstich, der geklärte Wein wird abgepumpt, der Trub bleibt am Boden zurück. Bei einer Feinhefelagerung wird der Wein beim ersten Abstich nicht gefiltert, die Feinhefe bleibt im Wein, dadurch ist er leicht milchig. Der Tank muss spundvoll gefüllt werden, da jetzt der Oxydationsschutz durch das CO_2 fehlt. Drei bis vier Tage nach der Gärung wird der Wein geschwefelt. Schwefel wirkt stabilisierend und konservierend und bindet unerwünschte Gärungs-Nebenprodukte. Da diese beim BSA abgebaut werden, brauchen unsere Weine weniger Schwefel.

Vor dem Abfüllen wird der Wein filtriert und dadurch von der Hefe getrennt. Es gibt viele unterschiedliche Arten der Filtration, beim Abfüllen des Weines setzt man üblicherweise einen Schichtenfilter ein. Er besteht aus Filtergestell mit Anpressvorrichtung und Filterplatten, zwischen denen Filterschichten aus Zellulose eingelegt werden. Der Wein fließt auf der Trubseite in den Filter ein, verteilt sich in die Trubplatten, durchfließt die Filterschichten, läuft geklärt über die Glanzplatten und den Klarablauf ab und wird in den Füller gepumpt. Beim Normaldruckfüller, wie wir ihn benutzen, herrscht in der Flasche und im Weinbehälter derselbe Druck. Der Wein läuft von oben nach unten durch Schwerkraft in die Flasche.

Manche Konsumenten beanstanden, wenn sich Weinstein in der Flasche absetzt, aber dieser vermeintliche Weinfehler ist im Gegenteil ein Indiz für gute Qualität. Weinstein ist das Salz der Weinsäure. Die Weinstein-

Ausfällung beginnt, sobald bei der Gärung Alkohol gebildet wird, die Kristalle setzen sich an der Wand des Gärtanks ab. Bei geklärtem Wein wird der Ausfall begünstigt, wenn er längere Zeit kühl lagert. Um zu verhindern, dass Weinstein in der Flasche ausfällt, wird der Wein daher vor dem Abfüllen durch Kühlung stabilisiert.

$$C_6H_{12}O_6 = 2\ C_2H_5OH + 2\ CO_2$$

Die Gärungsgleichung kommt ganz nüchtern daher: Ein Zucker-Molekül wird aufgespalten in zwei Moleküle Ethanol und zwei Moleküle Kohlendioxid. Dabei entsteht Wärme. Der Most enthält zu gleichen Teilen Glucose und Fructose. Am liebsten vergärt die Hefe Glucose, sie wird zuerst aufgespalten. Bei nicht ganz durchgegorenen Weinen bleibt also Fructose zurück, die nicht so stark süß schmeckt und dem Wein Frucht verleiht. Aus dem Zuckergehalt des Mostes kann man den zu erwartenden Alkoholgehalt des Weines ermitteln. Nach der Gärungsgleichung wäre eine Alkoholausbeute von 50 Prozent zu erwarten, tatsächlich liegt diese aber nur bei 46,5 Prozent, denn bei der Gärung werden auch eine Menge andere Stoffe gebildet. Außerdem braucht die Hefe Nahrung. Aus einem Most mit 100 Grad Oechsle, das heißt einem Zuckergehalt von 231 g pro Liter, erhält man einen Gesamtalkoholgehalt von 107,5 g pro Liter, das entspricht beim durchgegorenen Wein 13,61 Volumenprozent.

Für die Hefe ist die Gärung Plan B. Hat sie Sauerstoff zur Verfügung, dann veratmet sie den Zucker, das heißt, er wird vollständig in Kohlendioxid und Wasser umgewandelt, Alkohol entsteht nicht. Unter Sauerstoffabschluss bleibt den Mikroorganismen nur die Gärung als Möglichkeit der Energiegewinnung. Die Ausbeute ist dabei wesentlich geringer, deshalb vermehren sich die

Hefen weniger stark als mit Sauerstoff. Weinhefe kann bis zu einer Zuckerkonzentration von 250 g pro Liter gären. Bei einem Alkoholgehalt von 144 g pro Liter stirbt sie ab. Most mit sehr hohem Zuckergehalt wird also nicht durchgegoren, sondern bleibt restsüß. Um auch bei niedrigeren Mostgewichten restsüße Weine zu erhalten, kann die Gärung durch Kälte und Schwefelung unterbrochen werden, wobei dann der Alkoholgehalt geringer bleibt. Das ist bei Eiswein, Beeren- und Trockenbeerenauslese üblich. Eine andere Methode ist die Süßung des fertigen Weines mit Süßreserve, also sterilisiertem Traubensaft, der aus demselben Most gewonnen wurde.

Die Gärung wurde schon in prähistorischer Zeit zur Gewinnung von Alkohol genutzt, aber erst im 19. Jahrhundert entdeckte man die Rolle der Hefe und ihrer Enzyme bei der Aufspaltung von Zucker. Die Verwendung von Zuchthefen setzte sich im 20. Jahrhundert durch. Heute kehren manche Winzer wieder zur Spontanvergärung durch verschiedene im Weinberg vorhandene Wildhefen zurück, um eine individuelle, dem Anbaugebiet entsprechende Note in ihren Weinen zu erzielen. Dabei können sich in den Gärprozess aber auch unerwünschte Hefestämme einmischen und den Geschmack verderben. Reinzuchthefen bestehen aus einzelnen, speziell für die Weinherstellung geeigneten Hefestämmen. Obwohl die an der Gärung beteiligten Enzyme inzwischen analysiert wurden und die Reaktionsmechanismen weitgehend bekannt sind, bleibt vieles am Gärprozess weiterhin geheimnisvoll. Das gilt vor allem für die Entstehung des Wein-Aromas und der daran beteiligten Stoffe.

Jeder Wein enthält viele hundert Aromastoffe. Die meisten sind im Most noch gar nicht vorhanden oder liegen geruchlos in gebundener Form vor. Ausnahmen sind z. B. das intensiv würzige Rosenoxid in Gewürztraminer und Muskateller und die nach grünem Paprika riechenden Pyrazine bei Cabernet Sauvignon und Sauvignon Blanc. Hier kann man das Wein-Aroma schon in den Trauben schmecken. Die geruchsprägenden Aromastoffe können je nach Substanz in Konzentrationen von wenigen Milliardstel Gramm bis zu einigen hundert Milligramm vorliegen. Manche Aromastoffe des Weins (positive und negative) haben Geruchsschwellenwerte im Bereich Nanogramm pro Liter. Geruchliche Ähnlichkeiten zwischen Weinen und bestimmten Früchten und Gewürzen kommt durch chemische Verwandtschaft oder Gleichheit der Aromastoffe zustande. Manchmal handelt es sich um exakt die gleiche Substanz in Wein und Frucht, beispielsweise die Pyrazine in grünem Paprika und Sauvignon blanc oder Vanillin in der Vanille-Blüte, im Barrique-Wein und in der fermentierten Vanille-Schote. Das Aroma von schwarzer Johannisbeere bei Scheurebe und Sauvignon Blanc geht bei Beere und Wein auf unterschiedliche, aber ähnlichen Substanzen zurück.

Das Aroma eines Weines nehmen wir nicht nur beim ersten Erschnuppern seiner „Nase", sondern auch beim

Verkosten hauptsächlich durch die Nase wahr. Es gibt beim Menschen etwa 350 verschiedene Geruchsrezeptoren, die jeweils eine Gruppe von chemisch verwandten Duftstoffen binden können. Damit sind jedoch viel mehr Gerüche unterscheidbar, weil sich die meisten Duftstoffe an verschiedene Rezeptoren binden können und ein Geruchseindruck aus verschiedenen Duftstoffen besteht. Im Gegensatz zur Vielfalt der Gerüche gibt es nur vier Grundgeschmacksarten: Süß, sauer, salzig, bitter (als fünfte neuerdings "umami", herzhaft, Fleischgeschmack). Auf der Zunge werden sie in verschiedenen Arealen wahrgenommen: Süß an der Zungenspitze, bitter im hinteren Zungenbereich und im weichen Gaumen, salzig und sauer an den Seiten. Die Zungenmitte ist geschmacksunempfindlich.

Die Anzahl der Geschmacksstoffe im Wein ist überschaubar. Traubenzucker (Glucose) und Fruchtzucker (Fructose) sind für die Süße verantwortlich. Auch Glycerin schmeckt süß. Es gehört zu den Hauptinhaltstoffen des Weines und entsteht bei der Gärung. Verschiedene Säuren verleihen dem Wein Fruchtigkeit und Frische: Die „weinige" Weinsäure, die cremige Milchsäure und die spitze Äpfelsäure. Wichtig für die Sensorik ist das Wechselspiel zwischen Zucker und Säure. Dies wurde bei der Regelung der Geschmacksangaben berücksichtigt. Wie hoch der Zuckergehalt eines als "trocken" bezeichneten Weines sein darf, hängt auch von seinem Säuregehalt ab. Trockene Weine haben maximal 4 g pro Liter Restzucker, "trocken" darf aber auch ein Wein mit 9 g Restzucker heißen, wenn er mindestens 7 g Säure enthält, also höchstens 2 g weniger. Die dritte Kategorie von Geschmacksstoffen im Wein sind die für Bittertöne und Adstringenz verantwortlichen Tannine oder Gerbstoffe. Sie gehören wie der Rotweinfarbstoff zu den Polyphenolen.

Süß, sauer, bitter/adstringierend - das war's mit dem Geschmack. Erst die Vielfalt der Aromastoffe macht das Bouquet eines Weines aus. Das Geschmackserlebnis ist der Gesamteindruck von Geschmack und Geruch, hinzu kommt die Temperatur, die beides beeinflusst. Auch die Optik spielt eine Rolle, Farbe und Klarheit des Weines, sowie individuelle Präferenzen, Empfindungen, Erinnerungen. Ein guter Wein ist nie ganz „ausgeschmeckt", er reift in der Flasche, verändert sich im Glas, reagiert auf Außentemperatur und Luftfeuchtigkeit, entfaltet sich unterschiedlich in verschiedenen Gläsern und mit verschiedenen Speisen und antwortet auf die Stimmung der Person, die ihn kostet und seinen Charakter erschmeckt. Der Versuch, dieses komplexe Erlebnis in Worte zu fassen, hat eine umfangreiche Geschmacks-Nomenklatur und Wein-Poetik hervorgebracht. Wer sich ihrer souverän bedient, weist sich als Weinkenner und Weinkennerin aus. Ob wer da so blumig redet das auch schmeckt was er beschreibt steht auf einem anderen Blatt.

Wein ist Bestandteil der europäischen Kultur seit ihren Anfängen. Verschiedene antike Autoren erwähnen den Südkaukasus als Ursprungsland des Weinbaus und das Gebiet des heutigen Georgien als Herkunftsgebiet der ersten bekannten Rebsorten. Die ältesten in Georgien gefundenen Tongefäße zur Weinherstellung sind 7000 Jahre alt, somit ist der Ausbau im Ton die älteste bekannte Art der Weinherstellung. Sie war in Georgien bis Anfang des 20. Jahrhunderts üblich. Da Ton wasserdurchlässig ist, wurden die Gefäße innen mit Bienenwachs behandelt, das kleine Poren offenlässt und Atmung ermöglicht. Kleinere Mengen Wein wurden auch in offenen Wannen aus Holz oder Stein vergoren. Zum Transport dienten Amphoren und Schläuche aus Tierhaut, die aber nicht selten den Geschmack beeinträchtigten. In Nordeuropa verdrängten ab dem 1. Jh. vor Chr. Holzfässer die anderen Materialien. Sie sind einfacher herzustellen und bruchfest, aber die Gärung im Tongefäß bei stabilen Temperaturen ist aromaschonender als die Gärung im Holzbottich. Heute besinnen sich einige Winzer wieder auf diese traditionelle Methode, meist in Kombination mit modernen Ausbautechniken. Der sogenannte Amphoren-Wein erlebt zurzeit in verschiedenen europäischen Ländern eine Renaissance. Die Winzer arbeiten vorwiegend mit autochthonen Rebsorten und Spontangärung, die Weine bleiben unfiltriert, ihr Geschmack wird als herb mit leichten Aprikosennoten beschrieben. Auch Weißweine werden auf der Maische, manchmal mit Stielen vergoren, wegen ihrer Farbe nennt man sie „Orange Wine". Ob sie so schmecken wie die damaligen Weine wird sich nicht mehr klären lassen.

Von Georgien aus verbreitete sich die Weinkultur allmählich nach Westen und erreichte über das Gebiet des heutigen Syrien und Palästinas, wo seit dem 4. Jahrtausend v. Chr. Wein angebaut und produziert wurde, um 3320 v. Chr. Ägypten. In Grabkammern aus dieser Zeit entdeckte man importierte Tongefäße, deren Inhalt durch chemische Untersuchungen als Wein identifiziert wurde. Aus Grabinschriften lässt sich belegen, dass zur Zeit der 4. Dynastie (2620 - 2500 v. Chr.) bereits ein Weingut im Nildelta existierte, das einem hohen Beamten gehörte. Keramikinschriften nennen die Städte Buto und Memphis im westlichen und östlichen Nildelta sowie die Oase Bahyra als Weinbaugebiete. Unter den Pharaonen erlebte der Weinbau seine erste Blüte. Die Lese gestaltete sich schwierig, da es noch keine Scheren gab. Die Trauben wurden von Hand abgepflückt oder abgerissen, in Wannen gesammelt und zunächst durch Treten gepresst. Die Maische wurde dann in einer Sackpresse weiter behandelt und der restliche Saft abgepresst. Danach füllte man den Saft in Tonkrüge und versiegelte diese. Hefe wurde nicht zugesetzt, Gärung und Reifung dauerten sechs Monate, danach war der Wein noch vier Jahre haltbar. Auf den Weinkrügen gaben Inschriften mit detaillierten Informationen über Qualität, Herkunft und Jahrgang des Weines Auskunft.

Im Gegensatz zum Bier war Wein ein Getränk der Oberschicht, wurde aber bei Festen auch vom Volk reichlich genossen. Den privilegierten Arbeitern an den Königsgräbern stand neben Lebensmitteln auch Wein zu. Das führte 1158 v. Chr. zum ersten Streik der Geschichte, als die Lieferung ausfiel. In der ägyptischen Mythologie war Wein das Getränk der Götter und der Könige im Jenseits, weshalb er Bestandteil von Begräbnisopfern und Grabbeigaben war. Verschiedene Götter werden mit dem Wein in Verbindung gebracht. Im Nildelta florierte zur Zeit der Pharaonen der Weinhandel, Karawanen und Schiffe transportierten den Wein zu den großen Handelsstädten am Mittelmeer Aus dem Weinhandel entwickelten sich die Grundlagen der Ökonomie.

Durch gemeinsame Handelsbeziehungen mit den Minoern auf Kreta gelangte der Wein von Ägypten nach Griechenland und wurde zu einem zentralen Bestandteil der griechischen Kultur. Aus mykenischer Zeit (1600 - 1050 v. Chr.) besitzen wir zahlreiche Belege für Weinbau, getrocknete Traubenkerne und Reste von gepressten Beeren wie auch Trinkschalen und Abbildungen auf Keramikgefäßen. Im gesamten antiken Griechenland wurden Reben angebaut. Die Insel Chios gilt als das Bordeaux der Antike, auch Thasos, Lesbos und Rhodos waren für ihren Weinbau bekannt. Die

110

Weine wurden je nach Herkunft unterschiedlich ausgebaut, in Lesbos beispielsweise ähnlich dem Sherry unter einer Schicht von Florhefen. Teilweise wurden sie gewürzt und mit Honig oder Harz versetzt, was sowohl der Haltbarkeit als auch der Aromatisierung diente. Die Weinkultur wurde durch die griechische Kolonisation über den gesamten Mittelmeerraum verbreitet. Die Technik der Weinbereitung ähnelte den Vorläufern in Georgien und Ägypten: der Saft wurde durch Treten abgepresst und zur Gärung in einen mannshohen Tonkrug, den Pithos, gegeben. Man trank den Wein grundsätzlich mit Wasser verdünnt.

Homer lässt in seinem Werk sowohl Griechen als auch Trojaner dem Wein zusprechen, auch Götter, Helden und Fabelwesen wie die Zyklopen zeigen sich als passionierte Weintrinker. Der von ihm genannte Pramnische Wein, eine in der Antike beliebte Weinsorte, gilt als erster in der Literatur erwähnter Wein, dessen Herkunft vom Berg Pramnos auf der Insel Ikaria bekannt war. Hesiod (700 v. Chr.) beschäftigte sich dann als erster Autor ausführlich mit dem Anbau der Reben und dem Ausbau des Weines. Der erste Nachweis einer gesetzlichen Regelung von Weinherstellung und Weinhandel sowie der Besteuerung von Wein findet sich auf zwei Inschriften von der Insel Thasos aus dem 4. Jh. v. Chr. Auch die Anpflanzung der Reben in parallelen Reihen wurde in Griechenland entwickelt.

Wie der Wein kam auch der Weingott Dionysos aus dem Osten nach Griechenland. Im 13. Jh. v. Chr. verbreitete sich sein Kult im Mittelmeerraum. Ursprünglich ein thrakischer Bauerngott, zog der Gott des Rausches und der Ekstase mit seinem Gefolge von Mänaden und Satyrn durch das Land. Wo er erschien, feierte man ihm zu Ehren bacchantische Feste. Wer sich ihm entgegenstellte, lief Gefahr, von den rasenden Mänaden zerrissen zu werden, wie Pentheus, der Herrscher von Theben. Die Sage von Pentheus inspirierte den Dichter Euripides zu seiner Tragödie „Die Bakchen". Der Mythos verdeutlicht, dass sich gegen den rituellen Weingenuss und die ausschweifenden Kulte des fremden Gottes, der die Macht der Herrscher ins Wanken brachte, vielerorts Widerstand regte. Im 6. Jahrhundert v. Chr. wurde Dionysos dann Mitglied der griechische Götterfamilie und sein Kult mit den Dionysosfesten in Athen offiziell anerkannt. In antiken Darstellungen tritt der Gott in unterschiedlichen Gestalten auf, als Mädchen oder Knabe, Jüngling oder efeubekränzter Mann. Als jahreszeitlicher Fruchtbarkeitsgott steht er im Winter als Schlange im Zeichen der Wiedergeburt, im Frühjahr wird er zum Löwen, zur Sommersonnwende erscheint er als Stier. In orphischer Tradition erscheint er als Dionysos Zagreus, der von Titanen zerrissen wird und wieder aufersteht. Hierin ähnelt er dem Gott Osiris, was auf eine ältere Herkunft des Dionysoskultes aus Ägypten verweist. Die Dionysien, die alljährlich im März und April stattfanden, waren die wichtigsten Festspiele im antiken Athen. Prozessionen, Opferriten und Dithyrambenchöre eröffneten das Fest. Die kultischen Tanz- und Gesangsriten des Dithyrambos entwickelten sich zur komplexen Kunstform von Tragödie und Komödie. Der Gott des Rausches und des Weins ist also auch Ur-Vater von Dichtung und Schauspielkunst.

Eine alte kultische Form des Weingenusses war das Symposion, beschrieben schon im 6. Jh. v. Chr. von dem Vorsokratiker Xenophanes. Es fand in privatem Umfeld im Anschluss an ein Gastmahl statt, begann mit rituellem Händewaschen und Bekränzen der Trinkgefäße, Weinopfern an die Götter und dem Singen eines Kultliedes an Apoll. Literarische Beschreibungen von Symposien sind von Plato und seinem Zeitgenossen Xenophon überliefert. Letzterer gibt wohl die realistischere Darstellung. Platon dagegen verwandelt das Ritual des Trinkgelages in eine literarische Form, in der er seine philosophischen Gedanken entwickelt. Platons Symposion ist ein Plädoyer für die Erkenntniskraft des Dionysischen. Sokrates erscheint darin als Doppelgestalt zwischen Satyr und Gott. So beschreibt ihn Alkibiades, der zuletzt mit einer Schar Betrunkener auftritt wie Dionysos selbst mit seinem Gefolge.

Im Zug der griechischen Besiedelung des Mittelmeerraumes breitete sich die Weinkultur bereits bis nach Südfrankreich und nach Süditalien aus, das für die Griechen zu ihrem Weinland wurde. Nach dem Niedergang Griechenlands entwickelten die Römer, die seit dem 3. Jh. v. Chr. in ganz Italien Rebkulturen anlegten, die Kunst des Weinbaus und der Weinbereitung weiter und machten den Weinhandel zu einem florierenden Wirtschaftszweig. Neben der traditionellen Ausbautechnik im Tongefäß benutzten sie Fässer und Glasflaschen, weshalb der Wein im Geschmack wohl schon unseren heutigen Weinen ähnlich war. Sie züchteten neue Rebsorten wie z.B. den Falerner, den „Wein der Cäsaren". Abgefüllt wurde der Wein in Amphoren oder mit Gips verschlossene Glaskrüge. Das Etikett gab Auskunft darüber, in wessen Konsulatsjahr der Wein gekeltert worden war.

Die Römer tranken zu jeder Mahlzeit Wein, möglichst kühl und mit Wasser verdünnt. Die übliche Mischung war 1 Teil Wein, 3 Teile Wasser, aber man reichte den Wein auch auf Wunsch in individuellen Mischungsverhältnissen. Weißweine wurden als hochwertiger eingestuft. Zur Aromatisierung setzte man dem Wein oft Gewürze oder Honig zu, auch mehr oder weniger erlaubte Schönungsmittel kamen zum Einsatz, beispielsweise um aus Rotwein den begehrteren und teureren Weißwein zu machen. Gelagert wurde der Wein im eigenen Weinkeller. Tafelweine wurden frisch konsumiert, einige Weine besaßen aber durchaus Alterungspotential. Von Cicero ist der Genuss eines 75 Jahre alten Falerners belegt. Wer es sich leisten konnte, kühlte seinen Weinkeller im Sommer mit in Blöcke gepresstem Schnee aus dem Appenin oder vom Vesuv. Als Zentrum des Weinhandels etablierte sich Pompeji. Von hier aus wurden die Weine in alle Teile des Römischen Reiches exportiert, nachweislich bis nach

Bordeaux. Nach der Zerstörung Pompejis durch den Ausbruch des Vesuvs im Jahr 79 n. Chr. begannen die Römer, in ihren Kolonien den Weinbau einzuführen und Rebkulturen anzulegen. Im italienischen Kernland wurden bald alle landwirtschaftlich nutzbaren Flächen mit Reben bestockt, bis Kaiser Domitian per Edikt die Anlage weiterer Weinberge untersagte. Dann musste die Versorgung der römischen Truppen in den nördlichen Teilen des Reiches sichergestellt werden - die Geburtsstunde des Weinbaus in Mitteleuropa. Er folgte den Wegen der römischen Legionen. In Südfrankreich, wo schon die Griechen Wein angebaut hatten, legten die Römer nach der Unterwerfung der Gallier großflächige Rebkulturen an. Dabei konnten sie auf bereits vorhandenen Grundlagen aufbauen. Von der Provence aus wanderte die Weinkultur das Rhonetal aufwärts und weiter nach Norden. Die Anbaugebiete erstreckten sich entlang den Flusstälern, die als natürliche Verkehrswege den Weintransport erleichterten und mit ihren Hanglagen optimale Voraussetzungen für den Weinbau boten. Der spätrömische Kaiser Marcus Aurelius Probus (232-282 n. Chr.) ließ an Mosel und Donau Rebkulturen anlegen. Trier, zuvor bereits wichtiges Exportzentrum im römischen Reich, wurde wie auch Bordeaux vom Umschlagplatz für Wein zum eigenständigen Weinbaugebiet, was die Versorgung der römischen Vorposten weiter nördlich sicherte. Der erste schriftliche Beleg für Weinbau in Deutschland stammt aus dem Jahr 365 n. Chr., das Gedicht „Mosella" über eine Schiffsreise von Bingen nach Trier. Am Ende des Römischen Reiches hatten sich die heutigen Weinbaugebiete Burgund und Bordeaux, Pfalz, Mosel, Rheingau und Wachau bereits zu Zentren der europäischen Weinkultur entwickelt. Sie überstanden nach dem Zerfall der römischen Herrschaft die unruhigen Zeiten der Völkerwanderung und die Beutezüge der Wikinger, die den großen Flüssen folgten und es neben der Plünderung der Städte auch auf den Raub von Wein abgesehen hatten. Auch wenn der Weinhandel stagnierte, überlebten die Rebkulturen Mitteleuropas den Umbruch von der antiken Welt ins Mittelalter, in dem sie unter kirchlicher Obhut und durch die Ausbreitung der Orden, die Weinanbau betrieben, weiter gediehen.

In Palästina wurde seit dem 4. Jahrtausend v. Chr. Weinbau betrieben. Das Alte Testament ist reich an detaillierten Beschreibungen der Arbeitsvorgänge im Weinberg und bei der Weinbereitung. Auch hier begegnet man den traditionellen Ausbautechniken. Wein ist Zeichen der Lebensfreude, Arznei und Rauschmittel, er lässt die Menschen die Herrlichkeit der Schöpfung spüren. Darüber hinaus ist er von symbolischer Bedeutung. Der Weinstock ist Bild für Israel und trägt Züge des mythischen Lebensbaumes. Auch im Neuen Testament kommt dem Wein zentrale Bedeutung zu. Er erscheint in verschiedenen Gleichnissen - Neuer Wein in alten Schläuchen, Treulose Weingärtner, Weinstock, Arbeiter im Weinberg - und steht beim Abendmahl für das Blut Jesu. Eine Verwandtschaft zwischen Jesus und

Dionysos „im Zeichen des Weinstocks" sieht der Literaturwissenschaftler Jochen Hörisch in seiner Abhandlung „Brot und Wein". Dem Weingott Dionysos huldigen auch die Dichter. In seinem Gedicht „Brot und Wein", das ursprünglich „Der Weingott" hieß, setzt Hölderlin dem Markt als profanem Ort den dionysisch-heiligen Grenzbereich der Gärten gegenüber, aus denen das Flötenspiel der Dionysosjünger ertönt. Der Dichter selbst ist unbehauster Wanderer und dionysischer Schwärmer. Georg Trakls Gedicht „Ein Winterabend" als Antwort auf Hölderlins Elegie setzt umgekehrte Vorzeichen: der Wanderer „auf dunklen Pfaden" findet Aufnahme im bergenden Haus am bürgerlich-christlichen Abendmahlstisch. Brot und Wein erscheinen als Zeichen von Hoffnung und Versöhnung:

„Schmerz versteinerte die Schwelle,
Da erglänzt in reiner Helle
Auf dem Tische Brot und Wein."

Wir sind keine Rebellen, die sich gegen die Wein-Bürokratie auflehnen. Trotzdem haben wir unsere Weine von Anfang an nicht zur Qualitätsweinprüfung angestellt, sondern als „Landwein" verkauft, bei unserer Rotwein-Auslese mit dem erlaubten Hinweis: Auslesequalität. Wir waren der Meinung, unser Nischenprodukt verkaufe sich authentischer mit dem Schmuck-und-Wein-Konzept. Unsere Kunden haben den Landwein jedenfalls sofort akzeptiert. Einzige Voraussetzung für die Bezeichnung Landwein: Der Wein muss aus einem bestimmten Anbaugebiet stammen, bei uns steht also „Badischer Landwein" auf dem Rücketikett.

Manchen Winzern ist die „Quali-Prüfung" ein Dorn im Auge, sie kostet Geld, macht Arbeit und bringt Ärger, wenn der Wein von den Prüfern schlechter als erwartet bewertet oder gar abgelehnt wird. Nach Beantragung einer Allgemeinen Prüfnummer (AP-Nummer) beim Weinbauinstitut wird der Wein zunächst im Labor analysiert und dann zur sensorischen Prüfung angestellt. Als erstes werden Klarheit und Farbe beurteilt. Die Farbe muss der Sorte entsprechen, sonst wird die Prüfung abgebrochen und 0 Punkte vergeben. Für Geruch, Geschmack und Harmonie können jeweils maximal 5 Punkte vergeben werden, die Summe dividiert durch 3 ist die Qualitätszahl. Medaillen gibt es ab Qualitätszahl 3,5 (Bronze), Gold bei 4,5 bis 5. Bei weniger als 1,5

Punkten im Durchschnitt wird der Wein abgestuft auf ein anderes Prädikat oder Qualitätswein, oder als andere Weinart eingestuft, beispielsweise ein zu heller Rotwein als Rosé oder ohne Sortenangabe, falls Geruch und Geschmack nicht typisch sind. Ablehnung mit Herabstufung heißt, der Wein darf nur mit der Bezeichnung "Wein" verkauft, destilliert, zu Essig verarbeitet oder vernichtet werden. Dass beim Antragsteller da wenig Freude aufkommt ist klar, vor allem wenn nicht Weinfehler, sondern neue Ausbauformen von experimentierfreudigen Winzern beanstandet und deren Weine abgelehnt werden. So fielen in der 1970er Jahren regelmäßig Rotweine durch, die im Barrique gereift waren, weil diese Methode und die entsprechende Geschmacksrichtung damals in Deutschland noch unüblich waren. Auch Orangeweine, also auf der Maische vergorene Weißweine mit Sherry-Farbe und gerbigem Geschmack, gelten als nicht sortentypisch und haben wenig Chancen. Das brachte einige innovative Winzer dazu, sich zusammenzuschließen. Sie gründeten die Gruppe „100 Prozent Landwein" und stellen ihre Weine auf dem Badischen Landweinmarkt in Müllheim vor, einer parallelen Gegenveranstaltung zum traditionellen Badischen Weinmarkt, auf dem nur Qualitäts- und Prädikatsweine zugelassen sind. Da wir die Initiatoren Hanspeter und Edeltraud seit langem kennen, nahmen sie uns als überzeugte Landweinwinzer in die Gruppe auf. Im April 2019 stellten wir zum ersten Mal mit aus. Die beiden sind gut vernetzt und können immer hochkarätige Schirmherren für die Veranstaltung gewinnen. Letztes Jahr war es die international einflussreiche Wein-Autorin Jancis Robinson. Sie schreibt regelmäßig für die Financial Times und ist Herausgeberin von „Das Oxford Weinlexikon", neben Hugh Johnson Mitautorin von „Der Weinatlas" und Co-Autorin von "Wine Grapes". Ihr neuestes Buch ist ein praktischer Leitfaden für das Wesentliche des Weines: „The 24-Hour Wine Expert". Natürlich bekam sie von dir einen ganz besonderen Tire Bouchon überreicht. In diesem Jahr war Joschka Fischer Schirmherr, aber der Landweinmarkt musste wie alle anderen Messen und Veranstaltungen wegen der Corona-Pandemie ausfallen und so konnten wir ihn leider nicht kennen lernen. Wir hoffen auf nächstes Jahr.

Zur Abwechslung etwas Prickelndes: Unser Sekt

Dank Martin sind wir als Mini-Weinbaubetrieb sortenmäßig sehr gut aufgestellt. Zu den drei Spätburgunder-Variationen Blanc de Noir, Rosé und Rotwein und dem Weißburgunder von unseren Reben bekommen wir von ihm Sauvignon Blanc für unsere Cuveé Blanc mit Weißburgunder, außerdem noch Grauburgunder und Gutedel. Da fehlt aber noch was, meintest du, und zwar Sekt. Also baute Rudi 2016 einen Teil unseres Weißburgunders als Sekt-Grundwein aus. Der sollte eigentlich weniger Alkohol, sprich bei der Lese weniger Oechsle haben, also früher geherbstet werden. Das war allerdings nicht der Fall, denn wir hatten uns ja erst im Nachhinein spontan entschlossen, Sekt zu machen. Also hielt uns der Inhaber der Sektkellerei, dem wir den Wein zum Versekten brachten, nach der Wein-Analyse einen Vortrag über den idealen Sekt-Grundwein und wie er produziert werden sollte. Als er fertig war, fragte ich, wie viele seiner Kunden sich an diese Vorgaben hielten. „Nicht mal die Hälfte", war die Antwort. Da die Kellerei berühmt ist für die Qualität ihrer Sekte und viele Winzer in der Region ihren Sekt dort machen lassen, waren wir also trotz der Lektion zuversichtlich, dass unser erster Sekt gut werden würde. War er dann auch. Und alle weiteren ebenfalls, obwohl wir uns bis jetzt nie an die Vorgaben gehalten haben, das klappt im Herbst-Stress im Weingut einfach nicht.

Es gibt unterschiedliche Verfahren Sekt herzustellen. Perlwein (z.B. Secco) ist kein Sekt, ihm wird Kohlensäure beim Abfüllen zugesetzt. Bei Sekt, Champagner und Cremant entsteht die Kohlensäure durch eine zweite Gärung. Dazu werden dem Grundwein Zucker und Hefe zugesetzt, die sogenannte Tirage. Einfacher Sekt wird im Drucktank vergoren, die Reifung im Tank dauert 6 Monate. Die meisten Sekte werden auf diese kostengünstige Weise hergestellt. Eine Kombination von Tank- und Flaschengärung ist das Transvasierverfahren. Nach Gärung und Lagerung von 90 Tagen in speziellen Gärflaschen wird der Sekt gefiltert, in einen Drucktank gelegt, dosiert und unter Druck abgefüllt. Dieses Verfahren darf sich Flaschengärung nennen. Für Winzersekt, Cremant und Champagner ist die traditionelle Flaschengärung vorgeschrieben. Der Grundwein wird mit der Tirage versetzt und in Flaschen gefüllt, die mit Kronkorken verschlossen werden. Nach der Gärung bleibt der Sekt 9 Monate zur Reifung auf der Hefe. Danach werden die Flaschen einige Tage lang gerüttelt, damit die Hefe sich im Flaschenhals absetzt. Der so entstandene Hefepropf wird vor dem Degorgieren, dem Entfernen der Hefe, eingefroren und schießt beim Öffnen des Kronkorkens durch den Druck heraus. Danach wird der Sekt durch Zugabe von in Wein gelöstem Zucker, der Dosage, auf den gewünschten Zuckergehalt gebracht, denn die Sektgärung hat den gesamten vorhandenen Zucker in Alkohol umgewandelt. Die Dosierung ist Geschmacksfrage. Manche Winzer schwören auf „brut nature" ohne Zuckerzusatz. Unter 6 g pro Liter ist „extra brut". Wir saßen also vor dem Abfüllen unseres ersten Sekts im Probierraum der Kellerei, einige Gläser mit verschiedenen Süßegraden vor uns, und probierten. Du tendiertest zu „brut nature", ich war eher bei „extra brut" mit 1,5 g pro Liter. „Zucker ist Geschmacksträger, Sie essen ihr Steak ja auch nicht ohne Salz", meinte Herr R. Die 1,5 Gramm kann auch der versierteste Sensoriker nicht als süß schmecken, aber sie runden das Aroma wahrnehmbar ab. Du ließest dich überzeugen, seitdem sind unsere Sekte extra brut. Aufgrund des Herstellungsverfahrens könnten wir Cremant auf das Etikett schreiben, denn im Gegensatz zum Champagner, der aus der Champagne stammen muss und für den nur die Rebsorten Spätburgunder, Schwarzriesling und Chardonnay zugelassen sind, unterliegt der Cremant keiner Herkunftsbeschränkung und ist sortenunabhängig. Aber die Bezeichnung Cremant kann man in Deutschland nur mit einer AP-Nummer führen, wir hätten den Sekt zur Quali-Prüfung anstellen müssen. Also heißt er Winzersekt. So darf sich ein traditionell in der Flasche vergorener Sekt nennen, der aus einem Erzeugerbetrieb stammt. Deutscher Sekt ist gebietsunabhängig, nur deutsche Grundweine sind erlaubt, bei Sekt können sie aus verschiedenen Ländern stammen.

Das Abfüllen unserer 600 Flaschen dauerte eine halbe Stunde, wir konnten dabei zuschauen. Die Abfüllstraße ist etwa 15 Meter lang, vier Mitarbeiter sind daran beschäftigt. Zuerst werden die Flaschen kopfüber ins Kältebad gestellt. Dann laufen sie zum Degorgieren. Der Kronkorken wird entfernt, mit lautem Plopp fliegt der Hefepfropf raus. Nach der Dosage wird die Flasche mit Rohsekt aufgefüllt und verkorkt, dann kommt der Drahtbügel, die Agraffe, darüber. Weiter geht es zum Schwenken, um den Sekt mit der Dosage zu vermischen. Danach werden die Flaschen gewaschen und die Manschette, in unserem Fall schwarz, kommt über den Flaschenhals. Die Etiketten kleben wir wie auch beim Wein zuhause von Hand auf. Die volle Palette ließ Martins Transporter ziemlich in die Knie gehen. Nach zwei Jahren war der Weißburgunder-Sekt verkauft. Inzwischen waren zwei weitere Chargen reif zum Degorgieren, ein Weißburgunder und ein Rosé. Den holten wir letztes Jahr zu deinem 70. Geburtstag, er lag zwei Jahre auf der Hefe. Alle waren von ihm begeistert, innerhalb eines Jahres war er weg. Und nun freuen wir uns über einen feinperligen, fruchtigen Weißburgunder-Sekt, der drei Jahre reifte.

Neuanlage

In unserem Winzerkurs lernten wir, wie man ein neues Rebstück anlegt. Ich hatte mich gut vorbereitet und hoffte, dieses Thema bei der praktischen Prüfung zu bekommen, aber dann war es doch leider wieder mein Feind, der Düngerstreuer. Dafür durfte ich Martins Neuanlage auszeilen! Er hatte einen alten Spätburgunder gerodet und wollte 6 Reihen Chardonnay und 12 Reihen Ruländer anpflanzen. Nach Auflockerung des Bodens wurde Wintersaat eingesät, im Frühjahr untergepflügt und der Boden geglättet. Dann kam das Auszeilen dran, also das Festlegen der Rebreihen und Gassen. Ich fuhr ganz alleine mit dem Peugeot in die Reben, ausgerüstet mit Messband, Schnur, Hammer und Pflanzstäben. Zuerst musste ich zwei rechte Winkel anlegen. Entlang der Grenze zum Nachbarstück schlug ich zwei Stäbe ein und spannte dazwischen eine Schnur direkt am Boden. Am ersten Stab hängte ich das Maßband ein, maß 3 Meter an der Schnur ab und schlug einen weiteren Stab ein. Dann legte ich das Maßband etwa im rechten Winkel auf den Boden bis zur 7-Meter-Marke, beschwerte es dort mit einem Stein, ging zurück zum Anfang und befestigte das Band bei der 12-Meter-Marke wieder am ersten Stab. Ich tarierte die Winkel aus und schlug einen Pflanzstab am Winkel an der 7-Meter-Marke ein. Jetzt hatte ich ein rechtwinkliges Dreieck. Das Gleiche noch mal in 5 Metern Abstand. An den 3-Meter-Marken wurden dann Schnüre befestigt und entlang der rechten Winkel zur gegenüberliegenden Grundstücksgrenze gespannt. An den beiden parallelen Schnüren konnte ich nun die Zeilenabstände abmessen. Sie richten sich nach der Grundstücksbreite und der Anzahl der Reihen, sollten aber mindestens 1,80 betragen. Ich kam mit 1,90 gut hin. An den abgemessenen Punkten schlug ich Pflanzstäbe ein und legte die erste Zeile fest, indem ich eine Schnur längs über das Grundstück spannte. Die Pflanzabstände von 1 Meter für die Stöcke maß ich von unten nach oben an der ersten Zeile ab, vermittelte die Position des zweitletzten Stockes und markierte die Stock-Positionen mit Stäben. Jetzt waren alle Parameter für die maschinelle Pflanzung mit Laser-Navigation gegeben. Die Schnüre musste ich natürlich wieder entfernen, damit der Traktor mit der Pflanzmaschine durchfahren konnte. Denn nun kam der spannende Teil. Ein großer Schlepper rückte an, Martin brachte 1400 Pfropfreben, ich setzte mich auf die Pflanzmaschine und reichte dem Kollegen die Setzlinge einzeln an. Die Reben rechtzeitig aus dem Bündel herauszuziehen und sie im Rhythmus der Maschine anzureichen war nicht so einfach. Am Ende der Reihe wurde das Pflanzgerät mit uns darauf schwungvoll hochgehoben, beim ersten Mal rechnete ich nicht damit und hatte Mühe, nicht in luftiger Höhe von meiner Sitzschale zu rutschen. Der Schlepper rangierte in die nächste Reihe, fuhr rückwärts die Reihe nach oben bis zum Zeilenanfang und los ging es wieder, bis alle Reben gepflanzt waren. Dann noch einmal Fahrstuhl nach oben und mit Achterbahngefühl in die Kurve.

Beim Aufbauen des Drahtrahmens machte ich auch mit. Zuerst wurden die Metallstickel in 6 Metern Abstand eingesetzt. Mit der Wasserlanze, einem Rohr, durch das der Traktor mit Druck Wasser pumpt, bohrt man die Löcher, die aufgeweichte Erde umfließt sofort den Pfosten und hält ihn fest, dann wird Erde nachgedrückt und gemessen, ob alle Stickel gleich hoch sind. Neben jeder Jungrebe schlugen wir einen Pflanzstab ein und befestigten sie mit Gummi-Schnellbindern. Danach wurden die Drähte gespannt. Das hatte Horst schon im Weingut Z. gemacht, er kannte sich aus. Stefan und ich halfen ihm dabei. Auf der zweiten Station befestigten wir Spangen an den Pfosten und führten den Draht durch. Alle Drähte wurden mit Spannschellen versehen und nach dem Ziehen gespannt. Als letzte Aktion befestigten wir die Pflanzstäbe mit Metallklammern am unteren Draht.

Im ersten Jahr dürfen die Jungreben wachsen wie sie wollen. Im zweiten schneidet man einen gut ausgebildeten Trieb auf die Höhe, wo der Kopf entstehen soll. Nach dem Austrieb lässt man drei Triebe stehen und schneidet alle Trauben schon früh ab, damit die ganze Kraft in die Pflanze geht. Erst im dritten Jahr wird eine Fruchtrute angebunden. Auch jetzt sollten die Stöcke noch nicht viel tragen. Inzwischen ist das Rebstück vier Jahre alt und bringt vollen Ertrag.

Es geht wieder los. Der alte Massey-Ferguson springt nach einem Jahr Standzeit sofort an, als freue er sich schon auf seinen Einsatz. Stefan fährt die beiden Hänger mit den Bottichen aus der Garage auf den Hof und ich denke, wir haben sie doch erst vor Kurzem reingestellt! Es kann nicht sein, dass schon wieder ein Jahr vorbei ist! An den Tagen vor Herbstbeginn geht es im Weingut rund: Bottiche von den Hängern holen und sauber spritzen, Presse und Mühle putzen, Filter zusammenbauen, Pumpen anschließen. Stefan hängt Mulcher und Laubschneider vom Deutz ab und die Bütte dran. Im Keller hat Rudi schon alles vorbereitet. Wir haben vor einer Woche noch mal abgefüllt um Tanks frei zu bekommen, er hat die leeren Tanks gereinigt, im Flaschenlager Platz für die Rotweinbottiche geschaffen und das Verkaufslager aufgefüllt. Was nicht gebraucht wird, Holz- und Gitterboxen, Flaschen, Paletten, Mulcher, Laubschneider und Häcksler, wird in die jetzt leere Garage geschafft. Herbsteimer und Scheren richten, nicht zu vergessen das Equipment für die Herbster, Biertisch und Bänke, Kaffeekannen und Tassen, Einmalhandschuhe und Pflaster, irgendwer schneidet sich immer.

Den optimalen Zeitpunkt für die Lese zu bestimmen ist eine Gratwanderung, besonders, seit die Sommer wärmer und trockener werden. Oft hält die physiologische

Reife mit dem schnellen Anstieg des Mostgewichts nicht Schritt, die Weine werden zu schwer. Wir haben in den letzten drei Wochen die Traubenzone bearbeitet, je nach Sorte, gewünschtem Ertrag und Qualität die Trauben reduziert und geteilt, zu kurze und dünne Triebe samt Trauben weggeschnitten. Sieben Blätter braucht eine Traube um reif zu werden, das ist die Faustregel. Zu viele unreife Trauben können die Qualität des Weines beeinträchtigen. Vier bis fünf Wochen dauert die intensive Wachstumsphase der Beeren. Bei Reifebeginn stoppt das Wachstum der Triebe, das Mostgewicht steigt, Säure wird abgebaut. Sechs bis acht Wochen nach Reifebeginn ist die Vollreife erreicht. Verschiedene Faktoren beeinflussen den Zucker- und Säuregehalt der Trauben. Ein Teil des Zuckers, den die Pflanze durch Photosynthese bildet, baut ihre organische Substanz auf, ein Teil setzt durch Veratmung Energie frei, die für das Wachstum von Trieb- und Wurzelspitzen, Gescheinen und Trauben gebraucht wird. Die Atmung von Pflanzen ist weitgehend identisch wie bei Tier und Mensch: der Zucker wird durch Sauerstoff oxidiert, Kohlendioxid und Wasser werden freigesetzt (Umkehrung der Photosynthese). Atmung und Photosynthese verlaufen parallel. Während der Traubenreife wird der nicht mehr für das Triebwachstum benötigte Zucker in die Trauben eingelagert. Tagsüber ist die Zuckerproduktion der Rebe höher als der Verbrauch durch Atmung, nachts dominiert die Atmung. Der Zuckerverlust durch Atmung ist umso höher,

je wärmer es ist. Auch die Säure wird in warmen Nächten abgebaut, deshalb sind warme Tage und kühle Nächte die beste Voraussetzung für einen optimalen Reifeprozess. Eine hohe Photosyntheseleistung und damit Zuckerproduktion ist nur möglich, wenn die Rebe ausreichend mit Wasser versorgt wird. Alte Rebstöcke holen sich mit ihren bis zu 14 Meter langen Wurzeln das Wasser aus der Tiefe, sie sind relativ unabhängig vom aktuellen Niederschlag, aber auch sie bekommen in langen Dürreperioden Trockenstress. Jungreben müssen bewässert werden, wenn die Regenmenge nicht ausreicht. Das haben wir vor zwei Jahren in Martins Neuanlage gemacht. Jede Rebe wurde mit der Wasserlanze bewässert. Zu viel Regen während der Traubenreife ist dann wiederum kontraproduktiv. Er verringert das Mostgewicht, die Beeren können aufplatzen, das kann zu Botrytis führen. Man muss also von Tag zu Tag abwägen, welchen Wein mal holt. Während der zwölf Jahre mit Weinbau haben wir schon die unterschiedlichsten Herbste erlebt, angefangen vom allerersten verregneten, feuchtfröhlichen Lesen mit guter Stimmung unter der Plane. Im Jahr 2012 vernichtete ein Hagelschlag am 29. August einen großen Teil der Ernte. Wir hatten noch Glück, die meisten Stücke waren nur auf der Wetterseite betroffen, wir konnten noch einiges ernten, mussten aber jede einzelne Traube bearbeiten, die Lese dauerte entsprechend lang.
In diesem Jahr starteten wir am 28. August, so früh wie noch nie. Wir holten Martins Sauvignon Blanc und

lasen bei schönstem Wetter perfekte vollreife Trauben. Morgens um neun versammelten sich die Herbster im Hof, alle Rentner mit langjähriger Herbst-Erfahrung. Das macht die Sache einfacher, denn Herbsten heißt nicht einfach Trauben abschneiden. Bei optimalen Voraussetzungen wie an diesem Tag ist es einfacher als wenn man faule Beeren rausmachen muss, manchmal die Traube teilen und den Mittelbereich wegschneiden. Aber auch bei gesunden Trauben gibt es einiges zu beachten. Beispielsweise die Wintertrollis an den Geiztrieben hängen lassen, ebenso grüne, unreife Trauben. Im Zweifelsfall probieren, wenn sie sauer oder bitter schmecken auf den Boden schneiden und draufttreten, damit niemand auf die Idee kommt, die schöne Traube wieder aufzulesen. Die Trauben sollten beim Abschneiden nicht gequetscht werden und am besten trocken sein. Wir herbsten in Eimer, da ist es nicht so tragisch, wenn ein paar Trauben saften, in vielen Weingütern wird in Stiegen geherbstet, da würde der Saft weglaufen. Je mehr die Trauben saften, desto größer ist die Gefahr, besonders bei warmem Wetter, dass sie schon auf der Fahrt ins Weingut anfangen zu gären und Fehltöne entwickeln. Beim Sauvignon Blanc würde das Aroma verloren gehen. Schnelligkeit ist oberstes Gebot, deshalb geht es beim Herbsten ein bisschen zu wie beim Militär. Stefan ist unser Feldwebel, er teilt die Leute an den Reihen ein und fährt mit dem Traktor in die mittlere Gasse. „Vier Reihen anstellen" heißt, acht Herbster verteilen sich beidseitig auf vier Rebreihen mit drei Gassen, in der mittleren folgt ihnen der Traktor im Schritttempo, bleibt alle paar Meter stehen, dann werden die vollen Eimer durchgegeben und in die Bütte gekippt. Ist sie voll, fährt Stefan aus der Reihe raus und kippt in den Bottich ab. Den Hänger mit zwei Bottichen hat Martin am Weg abgestellt. Idealerweise sollten alle Herbster gleich schnell sein, sodass die Eimer nicht weit getragen werden müssen. Das klappt natürlich nicht immer, also gibt es ein paar Springer, die aushelfen, wenn jemand zurückbleibt. Disziplinlosigkeit wird streng geahndet, beispielsweise wenn jemand vorprescht anstatt seinem langsameren Partner zu helfen oder ein Zweiergespann den anderen zeigen will, wie schnell man herbsten kann.

Steile Stücke sind komplizierter zu herbsten. Den Sauvignon Blanc in Hügelheim machen wir von der Mitte aus nach unten und nach oben. Wenn es trocken ist, kann Stefan in die Reihe fahren, sonst müssen wir die Eimer raustragen. Das ist am Batzenberg, wo wir nicht fahren können, die einzige Möglichkeit. Jeder nimmt zwei Eimer mit, wenn sie voll sind werden sie runtergetragen und in den Bottich gekippt. Wenn wir Glück haben, sind ein paar Jungs - ich meine jetzt wirklich junge Jungs - mit dabei und übernehmen diese Aufgabe für die Rentnerband. Aber die Truppe wird in jedem Jahr neu gemischt, und die jüngere Generation ist außer Martins Sohn Max immer weniger vertreten. Auf die Mannschaft kommt alles an, sie muss passen, gut zusammenarbeiten und sorgfältig herbsten. Vor den Pausen und am Schluss darf ich dann auch mal aus der Reihe rausfahren und abkippen. Dabei muss man so nah wie möglich an den Hänger rangieren, die Bütte hochfahren und gleichzeitig langsam kippen, damit die 300 Kilo Trauben nicht auf einmal rausrutschen, sonst gibt es einen kräftigen Rückstoß, und wenn man falsch steht ist nichts mehr zu machen, dann kippt man daneben. Zum Glück ist mir das noch nie passiert. Wenn alles klappt und Stefan gute Laune hat, darf ich am Schluss auch den Deutz nach Hause fahren.

Aber Herbsten ist ja nicht nur Arbeit, sondern der Höhepunkt des Jahres. Die meisten haben sich das Jahr über oder länger nicht gesehen, man hat sich viel zu erzählen und die Stimmung ist gut, besonders nach dem Vesper mit ein paar Flaschen Wein. Stefan hat dann manchmal Mühe, seine Leute wieder in die Reben zu kriegen, und wenn Barbara die Knaller aus ihrem umfangreichen Repertoire von Witzen in allen Härtegraden loslässt, dann müssen wir uns vor Lachen an den Drähten festhalten. Seit 2012 versorgst du die Mannschaft mittags mit Vesper oder warmen Gerichten, Linseneintopf, Spaghetti, Chilli con Carne, Gulasch - zwei bis drei Wochen lang 12 bis 15 Leute zu bekochen erfordert Kreativität, Logistik und Gelassenheit angesichts des wachsenden Chaos in unserer Küche. Morgens zähle ich die Mannschaft durch und sage dir Bescheid, wo wir am Mittag sind und wie viele hungrige Leute am Tisch sitzen. Du hast mit dem Catering genug zu tun, deshalb bist du nur in unseren eigenen

Stücken bei der Lese dabei. Und am Batzenberg gibt es dann immer ein besonderes kulinarisches Highlight.

Der Jahresablauf im Weinbau ist wie in allen Bereichen der Landwirtschaft zyklisch. In jeder Saison werden jahreszeitbedingt andere Arbeiten ausgeführt, sie wiederholen sich Jahr für Jahr und sind doch immer wieder anders. Die Erfahrung zeigt: was man sich in diesem Jahr vornimmt muss man nächstes Jahr dann wahrscheinlich ganz anders machen. Die Natur bestimmt den Rhythmus. Jede Saison hat ihren speziellen Reiz, vom Schneiden und Anbinden über die Laubarbeit und das Bearbeiten der Trauben bis zum Herbsten. Auf diesen Jahreshöhepunkt läuft alles zu, hier zeigt sich, ob man alles richtig gemacht hat. Ob sich die viele Arbeit gelohnt hat. Ob der Jahrgang gut wird, vielleicht ein besonderer Wein entsteht. Natürlich hängt Vieles vom Zufall ab. Aber wenn dann der Herbst gut gelaufen und der Wein im Keller ist, beim ersten Probieren ein gutes Ergebnis verspricht und später unsere Kunden begeistert, dann wissen wir wieder einmal, dass wir es richtig gemacht haben in unserem zweiten Leben als Winzer.

Pforzheimer Kindl

„Ein Herz und viele Reben" war der Titel eines Artikels über uns, eine ganze Seite in der Samstagsausgabe der Pforzheimer Zeitung vom 4. November 2017. Es freute uns sehr, dass die Pforzheimer mal wieder etwas von uns zu hören bzw. zu lesen bekamen. Wir waren aus der gefühlten Enge unserer Heimatstadt geflohen, du im Jahr 1978 nach Malaysia, wo du in einer deutschen Schmuckfirma als Chefdesigner arbeitetest. Von dort zogst du zwei Jahre später nach Münster zum Stammsitz der Firma und dann nach Düsseldorf, wohin ich dir im Oktober 1980 folgte, um an der Fachhochschule Schmuckdesign zu studieren. Durch unsere Familien und unsere Schmuck-Profession hielten wir Kontakt zur „Goldstadt". Nachdem wir nach Südbaden gezogen waren und mit Weinbau angefangen hatten, wechselten unsere Geschäftskontakte von der Schmuck- zur Lebensmittelbranche. Dein Schulfreund Helmut, der Pforzheimer Feinkost-Papst, führt unsere Weine in seiner Vinothek, wo sie neben Kapazitäten wie Knipser und Burg Ravensburg stehen. Auch in der Familie fand unsere neue Profession Anklang. Deine Mutter liebte unsere Weine, hatte stets ein kleines Lager für den Freundeskreis im Haus und trank bis zu ihrem Tod mit 90 Jahren jeden Abend zur Roman-Lektüre eine halbe Flasche. Sie mochte keinen Rotwein, aber der Blanc de Noir gefiel ihr besonders gut, auch dann noch, als du ihr erklärtest, dass es weiß gekelterter Spätburgunder, also eigentlich ein Rotwein ist.

Als wir über die Reben wieder zum Schmuck kamen, erneuerten wir den Kontakt zu einer Scheideanstalt in der Nähe von Pforzheim, von der wir früher größere Mengen Gold und Platin bezogen hatten, und bestellten dort Silber für unsere Rankenkollektion. Wir freundeten uns mit den Inhabern Karin und Bernhard an. Sie entdeckten unsere Weine, schenkten unseren Sekt auf Messen aus und orderten 2019 tausend 0,375 Liter Flaschen Rosé als Kundengeschenke. Die konnten wir im Weingut nicht abfüllen. Wir brachten den Wein zu einem Lohnabfüller, klebten in einer Wochenendaktion 2000 Etiketten auf die kleinen Fläschle und lieferten sie in unserem alten BMW mit Hänger aus. Gut zu wissen, dass wir auch so einen Auftrag managen können. Durch Karin und Bernhard kam der Kontakt zu Iris und Jürgen zustande, die eine Galerie in der Nähe von Pforzheim betrieben und uns anlässlich des Stadtjubiläums zu 250 Jahren Schmuckindustrie einluden, bei ihnen auszustellen. Das war der Grund für den Artikel in der PZ. Unter dem Motto „diese Pforzheimer Kindl lassen nichts aus" durften wir das ganze wunderschöne Haus bespielen und uns als Gesamtkunstwerk präsentieren. Im Oktober hatte ich im Rahmen des Festprogrammes zusammen mit einem professionellen Leser an einem romantischen Plätzchen im Wald vor kleinem Publikum aus meinem Roman „Der Goldschmied" vorgelesen, das wiederholten wir im großzügigen Wohnraum. Du hattest deine großformatigen Foto-Bilder mitgebracht, Landschaftsaufnahmen, Impressionen aus Natur, Reben und Weingut. Die Tire Bouchon wurden im Haus verteilt. Den Ranken-Schmuck präsentierten wir in Iris' Glaskunst-Werkstatt und dokumentierten dazu auch die Arbeit unseres ersten Lebens. Und natürlich wurden unsere Weine und unser Sekt ausgeschenkt. Viele schöne Gespräche prägten den Abend.

Nach dieser Begegnung mit der Vergangenheit verabschiedeten wir uns ganz versöhnt von der alten Heimat Pforzheim. Leben wollen wir dort allerdings nicht mehr, aus einem einfachen Grund: Es gibt zu wenig Reben!

Kunden, Freunde und Wein

Seit wir Wein machen haben wir einen treuen Fanclub unter unseren Freunden im Raum Düsseldorf. Ralf, unser ehemaliger Nachbar, kommt mit Bernadette oft auf der Fahrt zwischen ihren beiden Wohnsitzen Biel und Meerbusch bei uns vorbei, um seine Vorräte zu ergänzen. Helmut und Hans ordern nicht nur regelmäßig unseren Wein, sondern rühren in ihren Freundes- und Bekanntenkreisen auch kräftig die Werbetrommel. Hans besuchte uns mit einer zehnköpfigen Gruppe zur Weinprobe, es war ein sehr schöner Abend, in dessen Verlauf auch unser Schmuck Anklang fand. Niko, dein Schulfreund aus Pforzheim, der schon lange in Meerbusch lebt, den wir aber erst kurz vor unserem Abschied von Düsseldorf wieder trafen, und seine Frau Angelika haben immer einen Vorrat Frank-Wein im Keller und empfehlen uns weiter. Zu seinem 70. Geburtstag entwarfen wir Etiketten für eine Sonder-Edition Rosé und Gutedel als Geschenk für die geladenen Gäste. Ein weiterer Hotspot ist München, wo meine Cousine Katharina mit Ingo und ihre Freundin Suse mit Georgi von unseren Weinen begeistert sind.

Seit wir Wein machen haben wir ein offenes Haus. Interessierte können nach Terminabsprache bei uns zuhause unsere Weine probieren und kaufen. Für größere Weinproben steht ein Stapel Stühle in unserem Wohnzimmer bereit, an unserem Esstisch können dann bis zu 15 Personen Platz nehmen und werden auf Wunsch auch verköstigt. Solche Events konnten wegen Corona in diesem Jahr leider nicht stattfinden. Dafür riefen oft Paare oder Familien bei uns an, die hier Urlaub machten, uns im Internet fanden oder unseren Wein im Staufener Käslädele gekauft oder bei Nadine und Sascha in der Krone in Britzingen getrunken hatten. Es ist etwas Besonderes, wenn fremde Menschen in unser Haus kommen, unsere Weine genießen und man plötzlich in ein intensives Gespräch kommt, Gemeinsamkeiten feststellt und sich zwei oder drei Stunden später nicht mehr ganz fremd voneinander verabschiedet. Viele Kontakte ergaben sich in den letzten Jahren auf Messen. Aus der Pfalz kam ein Bus mit 15 reisefreudigen Weinliebhabern, sie hatten uns auf einer Ausstellung im Kloster Eberbach gesehen und das Weingut Frank für ihre jährliche Wein-Tour eingeplant. Der Initiator der Reise ist Mitglied im Deutschen Korkenzieher-Verein - ja, so was gibt es! - und bestellte gleich 60 Flaschen von unserer Rotwein-Auslese mit „Tire Bouchon"- Etikett für die Jahresversammlung. Auf außergewöhnliche Weise kam der Kontakt mit Frau Dr. V. aus Bonn zustande. Sie hatte mehrmals bei einem Juwelier Schmuck aus unserem ersten Leben gekauft und kannte meinen Namen als Designerin. Beim Ausverkauf wegen Geschäftsaufgabe bot der Juwelier auch einige Stücke von mir an, aber unter dem Namen der Firma, die unsere Linie heute produziert. Nun wollte sie wissen was aus uns geworden ist und fand unsere Internetseite mit dem SWR-Film. Der begeisterte sie so, dass sie bei uns anrief, einen Termin mit uns ausmachte und uns zusammen mit Tochter und Enkelin besuchte. Frau Dr. V. ist Arbeitsmedizinerin, unter anderem coacht sie Manager mit Burnout. Wie sie uns erzählte, setzt sie dabei auch unseren Film ein, um den von ihrem Beruf frustrierten hochbezahlten Führungskräften zu zeigen, dass man sein Leben ändern kann und dass es Sinnvolleres gibt als viel Geld zu verdienen und sich dafür auf der Karriereleiter abzustrampeln.

Seit wir Wein machen sind wir in unserer Heimat Südbaden noch mehr verwurzelt. Man kennt die "Jungwinzer" mit dem Rebenschmuck, wir gehören dazu und werden als Winzer-Kollegen akzeptiert. Unser zweites Leben mit Weinbau hat uns eine neue Lebenswelt erschlossen, wir haben viel gelernt, Herausforderungen angenommen, sind vielen interessanten Menschen begegnet, haben gute Freunde und neue Perspektiven gewonnen. Und es ist ein schönes Gefühl, nach der Arbeit in den Reben abends den eigenen Wein zu genießen!

In unserem zweiten Beruf können wir nicht mehr absolute Profis werden, die Erfahrung, die man sich in vielen Berufsjahren aneignet, können wir nicht aufholen. Nur zusammen mit unseren Partnern und Freunden können wir unseren Wein in dieser Qualität machen. Martin, der uns in seinem Weingut aufgenommen hat, wo wir uns zuhause fühlen als wäre es unser eigenes,

Rudi, der im Keller unsere Weine ausbaut, und meine „Jungs" draußen, die mit mir zusammen auch unsere Stücke bearbeiten, Stefan, Horst und Klaus. Das ist das Schöne und Spannende an unserem neuen - inzwischen auch nicht mehr ganz so neuen - Leben: Wir arbeiten in einem guten Team und unsere Arbeit wird nie zur Alltagsroutine, sie ist immer wieder eine Herausforderung, die uns manchmal an unsere Grenzen bringt. Nach wie vor sind wir fasziniert von der Wein-Welt, in die wir eingetaucht sind.

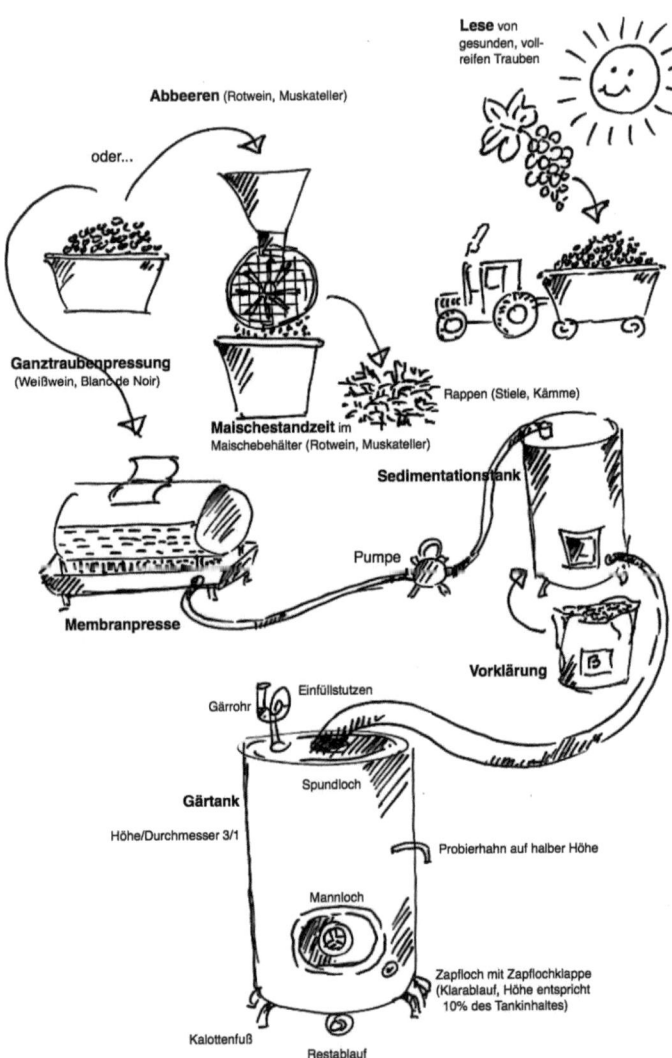

Lese von gesunden, voll-reifen Trauben

Abbeeren (Rotwein, Muskateller)

oder...

Ganztraubenpressung
(Weißwein, Blanc de Noir)

Maischestandzeit im
Maischebehälter (Rotwein, Muskateller)

Rappen (Stiele, Kämme)

Sedimentationstank

Pumpe

Membranpresse

Vorklärung

Gärrohr

Einfüllstutzen

Spundloch

Gärtank

Höhe/Durchmesser 3/1

Probierhahn auf halber Höhe

Mannloch

Zapfloch mit Zapflochklappe
(Klarablauf, Höhe entspricht
10% des Tankinhaltes)

Kalottenfuß

Restablauf

142

Quellen und Anmerkungen

Abschied von Düsseldorf

Der Red Dot Award für Product Design, der in seinen
Ursprüngen seit 1955 besteht, ermittelt die besten Pro-
dukte eines jeden Jahres. In rund 50 Kategorien können
Hersteller und Designer ihre Entwürfe zum Wettbe-
werb anmelden. Die Jury besteht aus 40 internationalen
Experten. Infos unter: www.red-dot.org/de

Wir pachten einen Weinberg

Der Batzenberg 5 Kilometer südlich von Freiburg ist
Deutschlands größter geschlossener Weinberg und
umfasst 376 ha. Der langestreckte Höhenrücken ist ca.
100 Meter hoch, 4 km lang und 2 km breit und er-
streckt sich von Südwesten nach Nordosten. Batzen-
berg-Gemeinden sind Ebringen, Ehrenkirchen, Pfaffenweiler und Schallstadt.
Quelle: Freiburg-Schwarzwald.de

Ein Maschinenring ist eine Vereinigung, in der Land-
wirte sich gegenseitig unterstützen. Die Maschinenringe sind als Vereine organisiert und haben meist ge-
werbliche Tochterunternehmen. Als Dachorganisation
dient der Bundesverband der Maschinenringe e.V.
www.maschinenring.de

Unser eigener Weinberg

Quelle: Wikipedia, Stichwort Trockenmauerwerk

Das Weingut

Klaus-Martin Marget ist Winzer in der 5. Generation. In seinem 100 Jahre alten Weingut in Heitersheim baut er die Ernte von 7,5 ha Rebfläche zu trockenen, durchgegorenen Weinen aus, neben Gutedel und Sauvignon Blanc überwiegend Burgundersorten.

Noch mehr Reben

Magazin „Weinwissen - Weinschule" Artikel „Phylloxera: kleine Reblaus sorgt für Riesenkatastrophe"

Kollegen werden Freunde

"Umbige": umschichten, z.B. Flaschen in eine andere Box legen; "abekeie": herunterfallen; "sto lo": stehen lassen.

Traktor fahren

Der Deutz-Fahr DX 3.30 V hat luftgekühlten Dieselmotor, 3-Zylinder mit 54 PS. Das Modell erschien 1984. Die DX-Baureihe, die erste mit dem Deutz-Fahr-Schriftzug, lackiert in Deutzgrün 74, wurde 1978 vorgestellt. Quelle: Wikipedia Stichwort Deutz-Fahr

Schwer erziehbar

Wikipedia Stichwort Reberziehung
Steffen Renz, Alternative Erziehungssysteme
Zu Vinho Verde: www.fast-alles-ueber-wein.de

Komplizierte Verwandtschaft

Weinbau und Reben in der Flora Mitteleuropas
Ein online-Lehrbuch © Rolf Blaich (2000)
Müller/Walg/Lipps „Der Winzer, Lehr- und Arbeits-
buch in zwei Bänden" Band 1 „Weinbau"
www.remstalkellerei.de/wein-lexikon/madeleine-royale
Wikipedia Stichwort Gutedel
Webseite Klingelberger 1782

Draußen - Weinbau als Lebensform

Müller/Walg/Lipps „Der Winzer" Band 1
Klaus Weber, Unterrichtsmaterial Biologie der Rebe

Mitbewohner in den Reben

Hermann Heinzel, Richard Fitter, John Parslow
„Pareys Vogelbuch - Alle Vögel Europas, Nordafrikas
und des Mittleren Ostens"

Peronospora, Esca und Co.

Müller/Walg/Lipps „Der Winzer" Band 1
Steffen Renz, Unterrichtsmaterial und Mitschriften zu
Schädlingen und Rebschutz
Hansjörg Stücklin, Badische Zeitung, 20. Juni 2020

Wieder in die Schule

2005 fand auf Initiative von Klaus Weber vom Landratsamt Emmendingen der erste Kurs für Nebener-
werbswinzer an der Hochburg statt, um die nachfol-
gende Generation in diesem in Baden verbreiteten
Bereich der Weinwirtschaft zu fördern und Rebflächen
zu erhalten. https://emmendingen.landwirtschaft-bw.de

Florian Dreher, Weingut Dreher, Emmendingen
Auslitern: Mit einem Messbecher wird die Ausbring-
menge einer Spritzdüse in einer Minute gemessen.
Auszeilen siehe Kapitel "Neuanlage" S. 127

Schmuck und Wein

Infos unter: www.noir-wein.de

Weinkönigin

Josefine Schlumberger aus Sulzburg/Laufen, Weingut
Rainer Schlumberger, war 2014/15 Badische Weinkönigin und wurde 2015 in Neustadt an der Weinstraße
zur 67. Deutschen Weinkönigin gewählt. Sie war die 6.
Deutsche Weinkönigin aus dem Weinbaugebiet Baden.

Ein Korkenzieher, den man nicht benutzen kann

VIF - Wein erleben - Frank Roeder GmbH
Infos unter: www.vif.de
Film: SWR-Mediathek unter Egon Frank Goldschmied
und Winzer oder auf unserer Webseite
www.noir-wein.de unter dem SWR-Button

Wie macht man Wein?

Florian Dreher, Unterrichtsmaterial Kellerwirtschaft.
Die Oechslewaage misst den Zuckergehalt des Mostes
(Mostgewicht) nach dem Dichteverhältnis von Most
und Wasser. Das Refraktometer misst die Lichtbre-
chung durch den Most, die Werte werden in Grad
Oechsle angegeben. Blankenhorn/ Funk „Der Winzer,
Lehr- und Arbeitsbuch in zwei Bänden" Band 2 "Kel-
lerwirtschaft"

$C_6H_{12}O_6 = 2\ C_2H_5OH + 2\ CO_2$

Blankenhorn/Funk „Der Winzer", Band 2
Wikipedia Stichwort Alkoholische Gärung
Dr. Rainer Amann, Staatl. Weinbauinstitut Freiburg,
Präsentationen „Geschmack" und „Sensorik"

Bacchus und Dionysos

Das Kapitel entstand aus einer Projektarbeit in unserem
Winzerkurs über Wein und Weinbau in der Antike.

Quellen:
André Dominé, „Wein", Könemann-Verlag 2000
R. Phillips, 2001: A Short History of Wine. London
Robert von Ranke-Graves, „Griechische Mythologie -
Quellen und Deutung", Rowolth-Verlag 1984
Ovid, „Metamorphosen", Hrsg. Erich Rösch, Artemis
& Winkler
Kostas Papaioannou, „Griechische Kunst", Herder-
Verlag Freiburg 197
Xenophon, „Das Gastmahl", übersetzt von Christoph
Martin Wieland
Platon, Sämtliche Dialoge, Felix-Meiner-Verlag
Platon, „Das Trinkgelage oder Über den Eros", Hrsg.
Ute Schmidt-Berger, Insel-Verlag
Christopher Daniel, „Rezepte, Gerichte und Tischsitten
der alten Römer"
Reclams Bibellexikon, Hrsg. Klaus Koch, Eckart Otto,
Jürgen Roloff und Hans Schmold
Jochen Hörisch, „Brot und Wein - Die Poesie des
Abendmahls" Suhrkamp 1999

100 Prozent Landwein

Infos unter www.landweinmarkt-baden.de
Qualitätsprüfung: www.wein.land

Zur Abwechslung etwas Prickelndes: unser Sekt

Wikipedia Stichwort Sekt
Sektkellerei Reinecker, Auggen

Neuanlage

Müller/Walg/Lipps „Der Winzer", Band 1
Steffen Renz, Mitschriften und Unterrichtsmaterial zu
Auszeilen und Jungrebe

Herbsten

Klaus Weber, Unterrichtsmaterial Biologie der Rebe
Müller/Walg/Lipps „Der Winzer", Band 1
Blankenhorn/Funk „Der Winzer", Band 2

Pforzheimer Kindl

Müssle Spezialitäten GmbH Pforzheim
www.muessle-spezialitaeten.de

www.egonfrank.de

Romane von Sabine Brandenburg-Frank

MEERLEUCHTEN

Seit dem Tod ihres Mannes lebt Maria allein in ihrer kleinen Wohnung. Mit ihrem Sohn versteht sie sich nicht besonders gut. Eines Tages erwacht sie in einer psychiatrischen Klinik. Wie sie dort gelandet ist weiß sie nicht, aber eines weiß sie ganz sicher: sie will weg! Zwei Tage dauert ihre abenteuerliche Flucht. Ihr Sohn macht sich auf den Weg zu ihr. Für beide wird es eine Reise in die Vergangenheit.

DER GOLDSCHMIED

Die Galeristin Renée Weiß verbringt ihren Geburtstag in Paris. In einem Trödelladen entdeckt sie einen goldenen Armreif und macht ihn sich selbst zum Geburtstagsgeschenk. Sie erfährt, dass es sich um eine Arbeit des berühmten Goldschmieds Johann Lux handelt, der im Jahr 1989 spurlos verschwand. Renée beschließt, dem Geheimnis des genialen Goldschmieds nachzugehen.

STADTRANDPHILOSOPHEN

Ein seltsamer Professor, die Geschwister Niki und Dora, der obdachlose Joker mit seinem Hund und die kleine Mignon, die kein Wort spricht - sie treffen sich jeden Mittwoch zu Gesprächen über Existenz, Kino, Unsterblichkeit und den ganzen Rest bei Lena, die vor kurzem unsanft aus ihrem gewohnten Leben geworfen wurde. Was Lena noch nicht weiß: sie ist Teil eines Weltrettungsplanes, in dessen Zentrum ein verschollenes philosophisches Buch steht.

WALDMÄDCHEN

Als Kind konnte Klara fliegen, aber sie erzählte niemandem etwas davon, auch nicht vom Waldmädchen, mit dem sie drei Tage in der Wildnis verbrachte. Nun liegt sie nach einem Schlaganfall in einer Klinik. Dass sie sprechen kann, behält sie vorerst noch für sich. Im Bett nebenan liegt die achtzigjährige Karla, deren Familiendrama sich in Hörweite abspielt. Eines Tages muss sich Karla gegen eine Familienintrige zur Wehr setzen und braucht Klaras Hilfe.

MEINE JO!

Als Jo nach den Sommerferien neu in die Klasse kommt, steht für Sophie fest: sie will ihre Freundin sein. Kurz vor dem Abitur, stirbt Jo bei einem Autounfall. Bis heute kann Sophie nicht glauben, dass ihre Freundin am Steuer saß. Die Einladung ihrer alten Schule zur fünfundzwanzigjährigen Abiturfeier will sie zuerst wegwerfen, aber dann entschließt sie sich doch zu einer Reise in die Stadt ihrer Kindheit. Es ist ihre letzte Chance zu erfahren, was in jener Nacht geschah.